月世界へ行く

ジュール・ヴェルヌ

186X 年，フロリダ州に造られた巨大な大砲から，アメリカ人とフランス人の乗員3人を乗せた巨大な砲弾が発射された。ここに人類初の月旅行が開始されたのである。だがその行く手には，小天体との衝突，空気の処理，軌道のくるいなど予想外の問題が待ち受けていた。彼らは月に着陸できるだろうか？　そして，地球に帰還できるだろうか？　19 世紀の科学の粋を集め，数世紀にわたる月観察の成果をふまえた本書は，その驚くべき予見と巧みなプロットによって今日ますます声価を高めるＳＦ史上不朽の名作である。

登場人物

バービケーン……………………砲弾乗組員。大砲クラブ会長
ニコール…………………………砲弾乗組員。バービケーンに対抗する
装甲板鋳造《ちゆうぞう》家。大尉
ミシェル・アルダン……………砲弾乗組員。陽気なフランス人
J・T・マストン………………大砲クラブ書記
ブラムズベリイ…………………同会員、大佐
エルフィストン…………………同会員、少佐
ベルファスト……………………ケンブリッジ天文台所長
マーチソン………………………技師

月世界へ行く

ジュール・ヴェルヌ
江口清　訳

創元ＳＦ文庫

AUTOUR DE LA LUNE

by

Jules Verne

1869

目次

序章

一八六×年という年は世界中が、科学史上前例のない科学的な試みによって、異様に沸き立っていた。南北戦争後バルチモアに設立された砲兵隊の集まり、大砲クラブの会員たちが、月世界と——そう、あの月に一つの弾丸を送りこんで——連絡をもとうという考えを抱くに至ったのだ。この企画の発案者である大砲クラブの会長バービケーンは、この問題についてケンブリッジ天文台の天文学者に相談したのち、それぞれ専門家の大多数の賛同を得て、この前代未聞の企《くわだ》てを成功させるに必要な措置をとったのであった。そして三〇〇〇万フラン近くに達した醵金《きょきん》を公募したのち、彼はこの偉大なる事業に着手した。

天文台所員の手になる意見書に従って、弾丸の発射される大砲は、天頂に至った月を狙うために、赤道と南北緯度二八度のあいだにある土地に据えられることとなった。発射時の弾丸の速度は、一秒間に一万二〇〇〇ヤード（一万九六八メートルに当たる）でなければならなかった。

弾丸は十二月一日の午後十時四十六分四十秒に発射され、発射後四日目の十二月五日午前零時、ちょうど月が地球から最も近い距離、正確にいえば八万六四一〇リュー（一リューは三・九二七三キロメートルに当たる）すなわち二二万四九七六マイル隔たった近地点にあるときに、月に達することになっていた。

大砲クラブの主要メンバー、会長バービケーン、エルフィストン少佐、書記のJ・T・マストンをはじめ多くの学者たちは何回も会合を開いて、弾丸の大きさとその構造、大砲の配置とその性能、使用される火薬の品質と量について討議した。その結果、次のように決定した。

一、砲弾はアルミニウムの弾丸で、直径一〇八インチ、外側の厚さ一二インチ、重さは一万九二五〇ポンド。

二、大砲は砲身九〇〇フィートの鋳鉄《ちゅうてつ》製のコロンビヤード砲で、地面に直接、鋳型《いがた》に流しこんでつくる。

三、装塡《そうてん》には四〇万ポンドの綿《めん》火薬を使用。それは弾丸の下で六〇億リットル入りのガス缶の働きをして、砲弾を容易に月に到達せしむるだろう。

諸問題が解決したので、会長のバービケーンは技師マーチソンの援助のもとに、フロリダ州の北緯二七度七分、西経五度七分の地を敷地に選んだ。かくてこの地において、驚くべき作業の積み重ねののち、コロンビヤード砲は大成功裡に鋳造《ちゅうぞう》されたのである。

ちょうどそのとき、とつぜん生じた一事件のために、この偉大なる事業に寄せられた興味は一〇〇倍化するに至った。

一人のフランス人、空想力に勝《すぐ》れた一人のパリっ子、大胆であると同時に機智に富む一人の芸術家が、月に到達しこの地球の衛星についての知識を得るために弾丸の中に閉じこもることを望んだからである。この勇敢な冒険家はミシェル・アルダンといった。この男はアメリカに着くと熱狂的に迎えられ、演説会が催されて胴上げされた。彼は会長バービケーンを、その宿敵ニコール大尉と和解させ、二人ともども彼とともに砲弾の中に乗り入らしめた。

アルダンの提案は入れられた。弾丸の形を変えることになった。それは円錐形になった。この一種の空中車両には、発射のときの衝撃を緩和させるために、強力な弾力性をもつばねと破砕《はさい》に強い仕切りとが施された。一年間ぶんの食料と、数か月間の飲料水と、数日間のガスとが用意された。同時に大砲クラブは、弾丸が宇宙を飛行しているのを見守るために、ロッキー山脈中の最も高い頂上に一つの大きな望遠鏡を建設せしめた。用意万端ととのったのである。

十一月三十日の定められた時刻に、熱狂した観覧人の集まりの中で出発がおこなわれた。三人の人間がはじめて地球を立ち去り、目的地への到達にあやうげな確信を抱きながら、遊星間に飛び立ったのである。これらの勇敢な旅行者、ミシェル・アルダン、会長バービケーン、ニコール大尉は、九七時間一三分二〇秒間に彼らの行程を果たさねばならなかった。つまり、月のまるい表面への彼らの到着は、満月になる十二月五日の真夜中でなければならず、数紙の新聞が誤報を伝えたように四日ではなかった。

ところが、コロンビヤード砲の発射の際の爆煙のためにおびただしい煙霧が積み重なり、急激に大気がかき乱されて、思いがけない現象が生じた。この現象は一般大衆を憤慨させた。なぜならば、このために月は数夜のあいだ観察者の目から見えなくなってしまったからである。

三人の旅行者の最も勇敢な友である尊敬すべきJ・T・マストンは、ケンブリッジ天文台の所長である名誉あるJ・ベルファスト氏を伴って、月を八キロほどに近づけて見させる望遠鏡の立っているロングズ＝ピークの観測所に至った。この尊敬すべき大砲クラブの書記は、みずからその大胆な友人たちの乗りものを観察しようと思ったのだ。

気層の中の積雲は、十二月の五、六、七、八、九、十日のあいだじゅうずっと観測を妨げた。観察ができるのは来年の一月三日まで待たねばならないかと思われた。なぜならば十一日には月は下弦にはいるので、円盤の欠けていく部分しか見せないことになり、弾丸の跡を追っていくことはむずかしくなるからだった。

しかしやっと、ありがたいことに、十二月十一日から十二日の夜にかけて烈《はげ》しい嵐が気圏を一掃し、月は半ば照らし出されて、夜空の黒い奥底にくっきり姿を現わした。

その夜、J・T・マストン及びベルファストの手によって、ケンブリッジ天文台の諸氏に宛てて一通の電報が発せられた。

さて、この電報は、どのようなことを知らせたのだろうか？

その内容は――十二月十一日の午後八時四十七分に、ストーンズ＝ヒルのコロンビヤード砲から発射された弾丸は、ベルファスト及びJ・T・マストン両氏により認知されたこと。砲弾は不明の原因により逸《そ》れ、その目的地に達しなかったが、月の引力によってひかれ、月にごく近接して運行していること。その直線運動は円運動に変わり、月の周辺を楕円形の軌道に従って引っ張られていて、それは月の衛星になったこと。

電報にはなお、この新しい天体の諸要素はまだ測定されるに至っていないこと。じじつそれを決定するには、三つの違った場所で天体を捉えることが必要とされている、とつけ加えられてあった。それからさらに、弾丸と月の表面とを隔てている距離は二八三三マイル、あるいは四五〇〇リュー（一万七六七三キロメートルに当たる）と推定されると記されてあった。

最後に二つの仮定を述べて、電報は終わっている。月の引力により月に落下し、旅行者はその目的を達するか、または不変の軌道の中に捉えられたままで、弾丸は幾世紀も月の円盤の周囲を重力によってまわるというのだ。

これら二つのどちらになるとしても、旅行者たちの運命はどうなるであろうか？ 彼らがしばらくのあいだは食料をもっていることはじじつだ。だがかりに、彼らの大胆な意図が成功したとしても、彼らはどういうふうにして帰れるだろうか？　いつか帰れるだろうか？　彼らの消息が得られるだろうか？　当世の博学なるお歴々の筆によって討議されたこれらの問題は、大衆を沸き立たせた。

ここで、あまりに急いだ観察者たちに考えねばならぬ一つの注意をすることは時宜《じぎ》を得ている。一人の学者がはなはだ純理論的な一つの発見を大衆に知らせるとき、その人はごく慎重にふるまうことができないだろう。だれ一人として、惑星なり彗星《すいせい》なり衛星なりを発見することを強要されていないのに、こうした場合にはよく間違えるもので、群衆の冷やかしによく晒《さら》されるものだ。そういうときには待つほうがよろしい。これが、せっかちなJ・T・マストンのなさねばならなかったことであり、彼に従ってこの意図の最後の言葉を伝えたあの電報を世界中に伝える前に考えるべきことであった。

じじつこの電報は二つの誤謬《ごびゅう》を犯していたので、これらはのちになって訂正されるであろう。その一つは観察上の間違いであって、弾丸と月の表面との距離に関することだ。なぜならば十二月十一日の日には観察をなすことは不可能であって、J・T・マストンが見たといい見たと信じたことは、コロンビヤード砲の弾丸ではありえなかった。第二は、前記の弾丸にたいしてとられた運命に関する理論上の誤りであって、つまりそれが月の衛星になるためには、理論上の力学の法則に絶対的に矛盾《むじゅん》するということだった。

ロングズ＝ピークの観察者たちの実現しうる唯一の仮説は、旅行者たちがもしまだ生存していたとして、彼らが月の円盤の表面に達するために月の引力と彼らの努力とを結びつけるであろうという場合を予見したそれだけだった。

ところで、利発であるとともに大胆なこれらの人々は、出発の恐ろしい衝撃にもよく耐えて生存し、弾丸車両のその旅行は最もドラマチックな、そして最も奇抜な詳細に至るまで、これから語られるであろう。この物語は多くの幻想と予測とをこわすだろう。しかしそれは、このような意図につきものの有為転変《ういてんぺん》に正しい考えを与え、バービケーンの科学的な本能なり、勤勉なニコールの資質なり、ミシェル・アルダンのユーモアに富む大胆さを浮き彫りにしてみせてくれるだろう。

それに加えてこの話は、彼らの尊敬に値する友であるJ・T・マストンが、恒星間における月の運行を眺めていたとき、あの大きな望遠鏡にかがみこんでいかに時間を空費していたか、よく示してくれるであろう。

1　午後十時二十分より十時四十七分

　十時が鳴ったので、ミシェル・アルダン、バービケーン、ニコールの三人は、数多くの友人を地上に残して別れを告げた。月世界の犬属と親善関係を結ぶように運命づけられている二匹の犬は、すでに砲弾の中に閉じこめられていた。三人の旅行者は、鋳物《いもの》の巨大な筒の口に近づいた。そして、一台の起重機によって、砲弾の円錐形をしている通風帽のところに降ろされた。

　そこにはうまい具合に入口がついていて、アルミニウムの乗りものの内部にはいることができた。起重機の複滑車が外部につけられてあるので、コロンビヤード砲の入口は、ただちにその最後の足場から離れた。

　ニコールは仲間といっしょに砲弾の内部にはいると、すぐに、強いばね仕掛けで内側から閉められるようになっている頑丈な厚板を閉めた。舷窓《げんそう》のレンズふうのガラスは、べつ

月世界へ行く

挿絵＝エミル・バイヤール、アルフォンス・ド・ヌーヴィルのしっかりした厚板で覆われてあった。金属性の檻《おり》の中に密閉された旅行者一行は、まっ暗な闇の中に投げ入れられたのである。

「さあ、諸君。こうなったら、自分の家にいるような気になることですな。精神を訓練して、世帯もちをよくすることです。われわれのこの新しい住居をなるべく住みよくして、気楽にやることです。まず、もうすこし明るくすることにしよう。畜生！　ガスはもぐらのために発明されたんじゃなかったのかな！」

こういいながら、のんき者のミシェル・アルダンはマッチを靴底にこすって火をつけ、それを鐘状ガラス器の口へもっていった。その中には炭化水素がつよく圧縮されて貯えられてあって、一四四時間、つまり六日六晩のあいだ、砲弾内の照明と暖房とに供《きょう》されていたのだ。

ガス灯がともされた。照らし出された砲弾内は、まわりを壁にとりかこまれ、移動長椅子の置かれた、まんまるい天井の快適な部屋として現われた。

部屋の中にあるもの、武器、機械、器具類は、詰めもののかたまりでしっかりと位置づけられ、発射のときの衝動にじゅうぶん堪《た》えられるように準備されてあった。これらの配慮はすべて、人力のなしうるかぎり、こうした無謀な試みを有終の美をもって飾りたいからであった。

ミシェル・アルダンはそれらをよく調べて、この新住居にはなはだ満足の意を表した。

「これはまるで牢屋だ。しかも、旅行をしている牢屋だ。ぼくは窓から顔を出す権利をもって、一〇〇年間の賃貸契約をしてもいい！　バービケーン、きみは笑ってるね。なにか腹の中で思ってるんだろう？　この牢屋が、そのまま われわれの墓になることもありうるとでも思ってるんだろう？　墓でも結構、しかしぼくは、空間にただよい動こうとしないあのマホメットの墓と、これを交換しようなんて思わないよ！」

ミシェル・アルダンがこんなおしゃべりをしているあいだに、バービケーンとニコールとは、最後の準備を整えていた。

三人の旅客が完全に砲弾内に密閉されたとき、ニコールのクロノメーターは午後十時二十分をさしていた。このクロノメーターは、マーチソン技師のと同じように一秒の一〇分の一まで刻んであった。バービケーンはクロノメーターを覗いてみて、こういった。

「諸君！　いま十時二十分。十時四十七分にマーチソンが、コロンビヤード砲の装薬の導火線に口火をつける。その瞬間に、われわれは、この地球を飛び出すんだ。つまりわれわれは、まだ二七分間、地球にいることになる」

「二六分三〇秒さ」と、整然としてニコールが答えた。

「よしきた！」と、ミシェル・アルダンが調子づいてさけんだ。「二六分ありゃ、ずいぶんいろんなことができるさ！　道徳と政治の重大問題について議論し、それを解決することもできるんだ！　二六分だって、じょうずに使やあ、なんにもしないでいる二六年間よりずっといい！　パスカルだとかニュートンなどの数分間は、そこらにうようよしているばか者どもの一生より、はるかに貴重だ……」

「よくしゃべる男だ。それがきみの結論か？……」

「わがはいの結論は、二六分あるってことさ」と、アルダンは答えた。

「ただの二四分だよ」と、ニコールがいった。

「あんたがそういうなら、二四分でも結構」と、アルダンは応じた。「その二四分のあいだに問題を解決せにゃ……」

「ミシェル！」と、バービケーンがいった。「飛行しているあいだに、困難な諸問題を考える時間はたっぷりあるよ。いまはただ出発することだけ考えればいい」

「準備はできてないのですか？」

「たぶんね。しかし、最初のショックをできるだけ少なくしようと、すこしは準備したがね！」

「強力な隔壁のあいだに水層をつくって、その弾力性で、じゅうぶん安心だというわけじゃないんですか？」

「そうあってほしいんだがね、ミシェル」と、バービケーンは、しずかに答えた。「しかし、わたしは、確かな自信はないんだよ！」

「ばかにしてらあ！」と、ミシェル・アルダンはさけんだ。「そうあってほしいんだって！……自信はないんだって！　押しこめられてしまって、そんないやな話を聞かされるなんて！　いや、なんとかして、ぼくは飛び出したい！」

「その方法は？」と、バービケーンはいい返した。

「そういわれると困っちまうんだが」と、ミシェル・アルダンはいった。「われわれはもう列車に乗りこんだのだ。車掌の出発の合図は二四分後に鳴りひびくだろうし……」

「二〇分だ」と、ニコールがいった。

ちょっとのあいだ、三人の旅行者はたがいに顔を見合わせた。それから彼らは、自分といっしょに閉じこめられてあるいろいろなものをしらべはじめた。

「みんな、そのあるべき場所にちゃんとある」と、バービケーンがいった。「いまは、どういう位置をとったらわれわれが出発のショックをできるだけ受けなくてすむかということが問題だ。とるべき位置について無関心ではありえない。できるだけ血が頭に急激にのぼらないようにすべきだ」

「まさに、しかり」と、ニコールがあいづちを打った。

「それでは」と、ミシェル・アルダンも会話の中にはいろうとして、「頭を下にして、脚を上にあげ、ちょうど大サーカス団の道化みたいにすりゃいいんだね！」といった。

「そうじゃないさ」と、バービケーンがいった。「しかし、横になる必要はあるね。そのほうがショックに耐えられるんだ。ところで、弾丸が飛びだすその瞬間には、その内部にいようがその前方にいようが、まあ同じようなものだということをよく知っていてもらいたいんだ」

「まあ同じようなものだというんで安心さ」と、ミシェル・アルダンはいい返した。

「ニコール、きみはわたしの意見に賛成だろう？」と、バービケーンはたずねた。

「そのとおり」と、大尉は答えた。「あと、一三分三〇秒」

「まったくニコールときたら人間じゃない。秒をきざむクロノメーター、八つ穴のある時計の制動機のようなものだ……」と、ミシェルはさけんだ。

しかし、そんな言葉には耳を貸さず、二人は想像もおよばぬ沈着さをもって最後の準備にあたった。それはまるで、客車に乗りこんだ旅客ができるだけ気持ちよく座席をしつらえておこうとする、あの几帳面《きちようめん》さに似ていた。それを見ていると、この二人のアメリカ人の心臓が、さし迫った恐るべき危険に、よく鼓動を速めないものだと、だれでも不思議に思うにちがいない！

三つの分厚い、しっかりつくられた寝蒲団《ねぶとん》が、砲弾の中に置いてあった。ニコールとバービケーンは、動く床板であるその円盤のまんなかにそれを置いた。三人の旅行者は出発前の数分間、そこに身をよこたえていなければならなかった。

そうしているあいだじゅう、アルダンはじっとしていられなくて、檻に入れられた野獣のように、その狭い牢獄の中を転々と歩きまわり、友人たちに話しかけたり、ディアーヌやサテリットという犬どもに話しかけたりしていた。これらの犬の名はごらんのとおり、すこし前から、それぞれの名に意味をもたせてこう呼んでいたのだ（ディアーヌは月の女神、サテリットは衛星を意味する）。

アルダンは、こんなふうに犬どもをけしかけた。

「へい！　ディアーヌ！　へい、サテリット！　おまえたちは月世界の犬どもに地球の犬のいい手本を見せてやるんだな！　犬族に、光栄あらしめよだ！　ほんとだよ！　そのうち、われわれが地球に帰ってきたとき、月の犬の種を産んで、みんなをびっくりさせてやれ！」

「月に犬がいたらばね！」と、バービケーンがいった。

「いるさ」と、ミシェル・アルダンは肯定した。「馬も、牛も、ろばも、めんどりも、みんないるさ。めんどりがいるかどうか、賭けをしよう！」

「わたしは、いないほうに一〇〇ドル賭ける」と、ニコールがいった。

「よしきた！」と、アルダンは、ニコールの手を握って答えた。「しかし、大尉どの、あなたは会長とやった賭けに、もう三度も負けてるよ。なにしろ、こんどの企画に要する資金は集まったし、大砲の鋳造《ちゅうぞう》は成功したし、おまけにコロンビヤード砲は事故もなく装弾されたし、合わせて六〇〇〇ドルの損失だよ」

「わかってる」と、ニコールは答えた。「十時三十七分六秒だ！」

「よろしい。では、大尉、一五分あれば、九〇〇〇ドルを会長へ支払う余裕があるわけだ。

コロンビヤード砲が破裂しなかったら四〇〇〇ドル、砲弾が空中に六マイル以上あがったら五〇〇〇ドルだからね」

「かねはもってるんだよ」と、ニコールは上着のポケットを叩いてみせた。「いつでもお支払いするよ」

「たいしたもんだ、ニコール君、さすがにきみは几帳面だ。ぼくには、とてもできない芸当だよ。しかしぼくにいわせれば、けっきょくきみは、みすみす損をする賭けを承知の上でつづけたわけだね」

「どういうわけで？」と、ニコールはたずねた。

「なぜって、かりにきみが最初の賭けに勝ったにしても、コロンビヤード砲が破裂しちまえば、バービケーンは砲弾といっしょにそこにいないわけで、きみにかねを支払うわけにいかんだろうが！」

「わがはいの賭け金はバルチモアの銀行に預けてある。ニコールがいない場合は、この男の跡継ぎの手にはいるだろう！」バービケーンは、簡単にこう答えた。

「まったく実際的だ！」と、ミシェル・アルダンはさけんだ。「実証的精神ってわけだ！ぼくが、あなたっていう人間を知らないもんだから、よけいに感心するよ」

「十時四十二分！」と、ニコールがいった。

「もう五分だ！」と、バービケーンが応じた。

「ああ、五分か！」と、ミシェルもいった。「われわれはこうして砲弾の中に密閉されて、九〇〇フィートの大砲の底にいる！　この弾丸の下には、ふつうの一六〇万ポンドの火薬に相当する四〇万ポンドの綿《めん》火薬が詰めこまれてあるんだ！　そしてマーチソン君が、クロノメーターを手にもって、針の動くのをじっと見ているんだ。電気装置に指を当て、一秒一秒数えながら、いまわれわれを遊星間に投げだそうとしているんだ……」

「もういい、ミシェル、もう結構だ！」と、バービケーンが低い声でいった。「さあ、用意。もう数分で、われわれはこの崇高な瞬間とお別れだ。さあ、握手しよう」

「よろしい」と、ミシェル・アルダンは、実際以上に感動を見せて、こうさけんだ。

三人の勇敢な仲間は、最後の抱擁をしあった。

「神よ、われわれにみめぐみを！」敬虔《けいけん》なバービケーンは、こうつぶやいた。

ミシェル・アルダンとニコールとは、円盤のまんなかに置かれた寝蒲団の上によこたわった。

「十時四十七分！」と、ニコールはつぶやいた。

あと二〇秒！　バービケーンはいそいでガス灯を消して、仲間のかたわらに横になった。

ふかい静けさを破って聞こえるものは、秒をきざむクロノメーターの音だけだった。

とつぜん、恐ろしい衝撃が起こり、砲弾は、硝酸繊維の突燃によってひき起こされた六〇億リットルのガスの圧力により、空間に飛び出した。

2　最初の三〇分

どんなことが起こったであろうか？　このような恐るべき衝撃をこうむって、どんな結果をきたしたであろうか？　砲弾製作者の腕がよくて、好成績をあげえたであろうか？　スプリングや、四つの緩衝装置や、水のクッションや、破砕に強く堪《た》えうる隔壁のおかげで、衝撃は緩和されたであろうか？　ニューヨークやパリを一跨《ひとまた》ぎするほどの、初発の一万一〇〇〇メートルの速さをもつ、恐るべき推進力によく堪えたであろうか？　それはあきらかに、このような感動すべき場面に居合わせた者がひとしく感じた問題であった。彼らは旅行の目的を忘れ、旅行者のことしか考えなかった。もしかして、彼らの中の一人が――たとえばJ・T・マストンのような男が、砲弾の内部に視線を投げかけることができたならば、どのような光景に接しえられたであろうか？

そこには、なにもおこなわれていなかった。砲弾の内部は、鼻をつままれてもわからぬ真の闇だった。しかし尖端が円錐形の外側は、よく衝撃に堪えたのだった。裂け目一つできず、へこみもせず、ゆがみもしなかった。じつに優秀なこの砲弾は、一般に恐れられていたように、強度の突燃のために変質もせず、またアルミニウムの雨となって溶解もしなかった。

要するに、内部はすこしも異状がなかったのである。いくらか物がはげしく円天井《まる》に投げつけられただけで、大事なものはなに一つとして衝撃の害をこうむらなかったようだ。つなぎ綱も無傷だった。

仕切りが破損し、水が流れだして砲弾の尾部まで下がった動く円盤の上に、三つのからだがじっとよこたわっていた。バービケーン、ニコール、ミシェル・アルダンの三人は呼吸をしているだろうか？　砲弾は、三つの死体を空間に運んでいる鉄製の棺《ひつぎ》にすぎないのではなかろうか？

弾丸発射後数分ののち、一つのからだが動きだした。まず腕が動き、頭がもちあがり、やがて起きあがるに至った。それはミシェル・アルダンであった。彼は自分のからだにさわってみてから、重々しく一つ咳ばらいをして、こういった。

「ミシェル・アルダンは健在だ。ほかの連中はどうかな！」

勇敢なフランス人は立ちあがろうとした。ところが、立っていることができなかった。頭がぐらぐらっとし、ひどく充血して、目の前がまっ暗になってしまった。それはまるで酔っている人のようだった。

「ううん！　こりゃ、まるでコルトンの瓶を二本あけたときと同じだ。ただ、おそらく、これは飲んでも快適じゃないだろうが！」

それから何度も手が額をこすり、こめかみをこすってから、はっきりした声でさけんだ。

「ニコール！　バービケーン！」

彼は心配そうに待ち受けた。が、返事はない。その仲間の心臓がまだ打っているかどうか、息さえしない。彼は、また名を呼んだ。同じような沈黙。

「たいへんだ！」と、アルダンはさけんだ。「まるで六階からまっさかさまに落ちたようなかっこうだ！」

彼は落ち着きはらってこういったのだが、どうしてもこうつけ加えざるをえなかった。

「もしフランス人が起きあがることができたとしたら、二人のアメリカ人だって、立ちあがることができなくもあるまい。しかし、なにはともあれ、ことのしだいをはっきりさせなければ」

アルダンは、生命力が溢れてくるのを感じた。血液はおさまり、平常どおりとなった。ふたたび努力して、彼はからだの平衡《へいこう》を保つことができた。アルダンは立ちあがって、ポケットからマッチをとりだし、火をつけた。それからガス灯のそばへ行って点じた。ガス灯の覆いはすこしも損傷を受けていなかった。ガスも漏れていなかった。それに、ガスの臭いに気づかなかったのかもしれない。いずれにしてもミシェル・アルダンは、水素の充満しているこの中で、火のついているマッチを手にもって歩いたりしてはいけないわけだろう。ガスが空気といっしょになると、爆発性の気体混合をつくり、震動がはげしくなれば爆発する危険もある。

ガス灯に火が点じられたので、アルダンは仲間のからだの上に身をかがめた。それらのからだは、動かない物体のように、折り重なっていた。ニコールが上でバービケーンが下だった。

アルダンは大尉のからだをひき起こして、長椅子にもたせかけ、強くそのからだをこすった。このマッサージが効を奏して、ニコールは意識を回復し、目をひらいて、すぐに例の落ち着きをとりもどした。大尉はアルダンの手を握り、それからまわりを見まわした。そして、「バービケーンは？」とたずねた。

「順々にだよ」と、ミシェル・アルダンはしずかに答えた。「ぼくはきみからはじめたんだ。なぜなら、きみが上だったからね。さあ、こんどはバービケーンをやろう」

こういってアルダンは、ニコールといっしょに大砲クラブの会長を抱きおこし、寝蒲団《ねぶとん》の上によこたえた。バービケーンは、他の連中よりひどく痛手をこうむったようだ。血がにじんでいた。が、ニコールは、この出血は肩にちょっとした傷を受けたせいだと知って安心した。大尉は注意ぶかく、その擦過傷《さつかしょう》の手当てをした。

それでもバービケーンは意識を回復するのにしばらくかかったので、いっしょうけんめいに摩擦をしていた二人は気が気でなかった。

「しかし、息はしている」と、その胸に耳を寄せてニコールがいった。

「うん。まるで毎日マッサージしてもらう習慣のある人といったふうで息をしている。ニコール、こするんだ、手に力を入れて」

二人のにわか医者の努力の甲斐があって、バービケーンは感覚をとりもどし、目をひらいた。そして、立ちあがると二人の友の手をとり、はじめて口をきいた。

「ニコール、われわれは進行しているかね？」

ニコールとアルダンとは、顔を見合わせた。二人とも、砲弾については不安を抱いていなかった。彼らの最初の注意は旅客としてのそれであって、乗りものにたいしては注意していなかったのだ。

「ほんとうに動いているのだろうか？」と、ミシェル・アルダンも同じことを繰り返していった。

「それともわれわれは、フロリダ州の大地の上に、しずかによこたわっているのだろうか？」と、ニコールがたずねた。

「あるいは、メキシコ湾の底かな？」と、ミシェル・アルダンがつけ加えた。

「そんなばかなことが！」と、バービケーンはさけんだ。

彼の仲間によって示唆《しさ》された二つの仮定は、当意即妙ではあるが、直接に感情に訴えるものがあった。

いずれにせよ、だれも砲弾の位置についていえる者はいなかった。なにしろ表面上は不動だし、外部との交渉は絶えているので、この問題を解決するのは容易でなかった。おそらく砲弾は、その弾道を通って宇宙を走っているのだろう。でなければ、しばらくのあいだ撃ち上げられたのち、地上に落ちたか、またはメキシコ湾内に落ちたのかもしれなかった。

事態は重大であり、興味ある問題だった。早急に問題を解決する必要があった。バービケーンはひどく興奮し、その精神力により体力の衰えを克服して立ちあがった。そして、耳をすまして聞いた。外部は、ふかいしじま。なにしろ厚い詰めものにさえぎられて、地球の音響がとどくわけはなかった。けれども、あることがバービケーンの注意をひいた。それは、砲弾内の気温がひどく上昇していることだった。会長は、大事にしてしまってあった寒暖計をとりだして測った。寒暖計は摂氏四五度を示していた。

「だいじょうぶ、だいじょうぶ！　進行している！」と、彼はさけんだ。「砲弾の外側を透《とお》して、むんむんする熱気がくる！　それは、大気の層との摩擦から生じたのだ。熱気は、やがて減じる。なぜなら、すでにわれわれは宇宙を浮遊しているのだから、窒息しそうなこの熱気のあとに、はげしい冷却がやってくる」

「ええ、なんだって！」と、ミシェル・アルダンがたずねた。「バービケーン、きみの意見に従えば、現在われわれは地球の大気圏外に出たことになるわけだね？」

「もちろんそうさ。ミシェル、まあ聞きたまえ。いま、十時五十五分だ。約八分前に出発したわけだね。もし最初の速度どおりで、それが空気の摩擦で減じなかったとしたら、六秒間あれば、地球のまわりにある六四キロメートルの気圏を越えたことになる」

「なるほどね。だが、どういう割合で、摩擦による速度の減少がおこなわれるのかな？」

「三分の一をすぎると、そうなる。ニコール、この減少はばかにできないんだよ。わたしの計算によると、こんなふうになる。もし最初一一キロの速度であったとしても、気圏外に出てしまうと、速度は七三三二メートルに減少してしまうんだ。とにかくわれわれは、すでにこの距離を超えている。そして……」と、バービケーンが答えた。

「そうするとニコール君は、二つの賭けで負けたことになる。コロンビヤード砲が破裂しなかったから四〇〇〇ドル。砲弾が六マイルの高度まで上昇したから五〇〇〇ドル。どうだいニコール君、支払ったら」と、アルダンがいった。

「いや、確認しなければね」と、大尉は答えた。「それから支払うよ。たぶん、バービケーンの理窟は正しくて、わたしは九〇〇〇ドルなくしたわけなんだろう。ところが、新しい仮定が頭に浮かんだんだ。もしそうだとすると、賭けをとり消すことになる」

「それは、どういうことかね？」と、勢いこんでバービケーンがたずねた。

「その仮定はね、火薬に火がつかなくて、われわれは出発しなかったんじゃないか、という心配なんだ」

「そんなばかな話ってあるかね！」と、ミシェル・アルダンはさけんだ。「まじめに受けとれんな！　われわれは衝撃を受けて、半殺しの目にあったんじゃないか？　わたしが、きみを生き返らせたんじゃないか？　会長の肩だって、衝撃のために血が流れたんだろう？」

「そりゃそうさ、ミシェル君。だが、一つ疑問があるんだ」と、ニコールも負けなかった。

「いってみたまえ」

「きみは、砲声を聞いたかね？　たしかにそれはものすごかったはずだが……」

「なるほど」と、アルダンが、びっくりして答えた。「ほんとに、砲声は聞かなかった」

「バービケーン、きみはどうだね？」

「なるほど、わたしも聞かなかった」

「おかしいだろう？」と、ニコールがいった。

「ほんとに、そうだ！　どうして砲声が聞こえなかったんだろう？」と、会長はつぶやいた。

三人の仲間はひどく狼狽した様子で、たがいに顔を見合わせた。それは、説明できない一現象であった。しかし、たしかに砲弾は発射されたのだから、とうぜん砲声は起こったはずなのだ。

「まず、われわれの現在いる場所を確かめよう」と、バービケーンがいった。「昇降口の蓋《ふた》を下げてみよう」

この作業はしごく簡単なので、すぐに実行に移された。右舷の窓の外板のボルトを支えたねじ留めが、自在スパナでこじあけられた。ボルトは外側にはねられ、ゴムのついている留め弁が、通り口の穴をふさいでいた。すぐに外板は、舷窓《げんそう》のように、蝶番《ちょうつがい》で垂れ下がった。そして、舷窓をとざしていたレンズ・ガラスが現われた。同じような舷窓が、砲弾のべつの側の壁の厚みをえぐってつくられてあった。もう一つの舷窓はてっぺんのまるくなった先に、四番目のは内部の尾部のまんなかにあった。このようにして四つの舷窓から、それぞれ違う方角を観察することができた。側面のガラス窓からは大空を、そして上下の窓からは、月と地球とを、まっすぐに眺めることができたのである。

バービケーンと二人の仲間とは、すぐに覆いのガラス窓にかがみこんだ。明るい光線は、すこしも見えなかった。ふかい闇が砲弾を包んでいた。それを見て、会長バービケーンはさけばずにはいられなかった。

「諸君、われわれは地球に落ちはしなかった！　われわれはメキシコ湾の底に沈みはしなかった！　そうだ！　われわれは宇宙を上昇している！　見たまえ、夜空に輝いている星を、そして地球とわれわれとのあいだにひろがっている、このふかい闇を！」

「万歳！　万歳！」ミシェル・アルダンとニコールとは、声を揃えて、こうさけんだ。

じじつ、この測り知れぬ暗闇は砲弾が地球から遠く離れたことを示していた。そのとき地球は月の光ではっきり照らし出されたので、旅行者の目には、さながら自分たちがその表面にいるかのように映った。この暗闇は同時に、砲弾が気圏を脱していることを示していた。なぜならば、もし散光が空気中にひろがっているのなら、散光は反射して金属性の外壁に光を投げていたにちがいないのに、それが見られなかったからだ。その光は舷窓を照らしてでもいたであろうに、窓はまっ暗だった。疑問の余地なく、旅行者は地球を立ち去ったのであった。

「わたしの負けだ」と、ニコールがいった。

「それはおめでとう！」と、アルダンがひやかした。

「さあ、九〇〇〇ドル」そういって大尉は、ポケットから札束をとりだした。

「受領証はいるかね？」と、札束を受けとってバービケーンがたずねた。

「もしさしつかえなければ……それはきまりでしょう」と、ニコールは答えた。

バービケーンはまるで会計の窓口にでもいるような気で、まじめな顔をし、落ち着きはらって手帳をとりだすと、何も書いてないページを一枚はぎとり、それに鉛筆で規則どおりの受取りをしたため、日付を書き、サインをし、おまけに署名のしまいの飾り書きまでして、それを大尉に渡した。大尉はそれを注意ぶかく紙入れの中にしまった。

ミシェル・アルダンは帽子をとって、一言もいわずに、この二人の仲間の前におじぎをした。このような場所であまりの形式主義に、彼はいうべき言葉がなかったのである。彼は、このようなヤンキー気質をいままで見たことがなかったのである。

バービケーンとニコールとは、そっちの仕事が終わったので、またガラス窓にかがみこんで、星座を眺めた。星ははっきりした点線を、空の黒いヴェールの上に浮きだしていた。しかし月は東から西へとまわって、すこしずつ天頂へ昇っていったので、こちら側に月を認めることはできなかった。

「月は見えないけれど、ひょっとしてわれわれは針路を誤っているのではないだろうか?」と、不安になってアルダンがたずねた。

「まあ、安心したまえ。われわれの未来の回転楕円体は、ちゃんとその位置にあるよ。しかし、こちら側からは見えないんだ。横の窓をあけて見たまえ」

バービケーンが反対側の舷窓をあけようとしてガラス窓を離れようとしたとき、彼は輝く物体が近づいてくるのに気づいた。それは大きな円盤で、その巨大なひろがりは計り知ることができなかった。それは月の光を反映している小さな月といってもよかった。円盤は恐ろしい勢いで近づいてきて、地球のまわりに一つの軌道を描こうとするかのようであり、砲弾の通る道を断とうとするかのようだった。この遊動体の移行運動は、自転運動によって補われていた。それは、空間に打ち棄《す》てられてかえりみられない、他の天体と同じように動いていた。

「おや! これはなんだい? またべつの弾丸かね?」

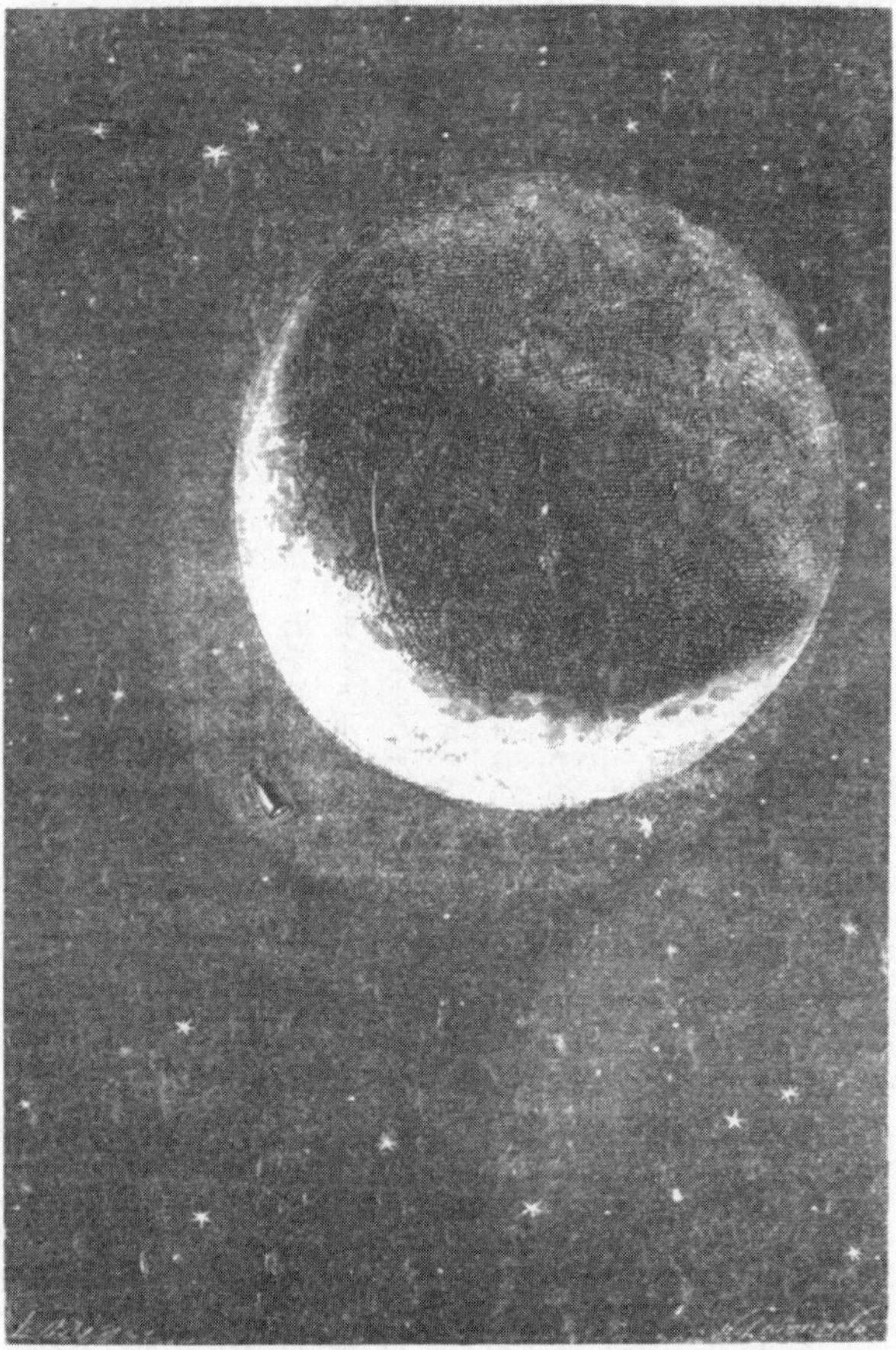

バービケーンは返事をしなかった。この巨大な天体の出現に、彼はびっくりし、不安になった。もし衝突したら、その結果は嘆かわしいことになる。砲弾が弾道から逸《そ》れることもありうるし、衝撃のために上昇力を阻《はば》まれ、地球に落下することも考えられ、またこの小遊星の引力によって不可抗力的にひきずられることもありうるからだった。

会長バービケーンはすばやく、これらの三つの仮定の恐るべき結果を考え、そのいずれの場合によっても彼の意図が挫折することを知ったのである。二人の仲間は押し黙って空間を眺めていた。物体は近づくにつれてますます大きくなり、それは一種の視覚上の幻想作用によって、彼らの前に躍りかかってくるようだった。

「ああ神さま！　二つの列車が衝突します！」と、ミシェル・アルダンがさけんだ。

旅客たちは本能的に、うしろへ飛びのいた。彼らの驚駭《きようがい》は、たとえようもなく大きかったが、しかしそれは長くはつづかなかった。わずか数秒間のあいだに終わった。流星は砲弾の数百メートル先を通過し、急激に空間の闇の中に呑《の》まれ去った。

「すばらしい旅行だ！」と、ミシェル・アルダンは、さも満足そうに嘆息をもらしてさけんだ。「どうしてなんだろう！　宇宙ともあろうものが、たかがこんな弾丸一つ安心して通れるほど大きくないなんて！　いったい、もう少しでわれわれと衝突しそうになった、あのもったいぶった球体はなんなのだろう？」

「わたしには、わかっている」と、バービケーンが答えた。

「へえ！　あんたは、なんでも知ってる」

「そいつは、流星というものさ。地球の引力によって、衛星の状態に置かれた流星の大きなやつさ」

「そんなことって、あるのかな！　では地球は、海王星のように二つの月があるわけだね」と、ミシェル・アルダンがさけんだ。

「そうだよ、きみ。二つの月といってもいいだろう。ふつう地球には一つの月しかないことになっているがね。ところが、この二番目の月はひじょうに小さくて、速力がばかにあるんだ。だから、地球からは肉眼では見られない。フランスの天文学者のプティ氏が、天体の摂動《せつどう》を考慮して、この第二の衛星が存在すると主張し、その基本要素を計算した。彼の観察によると、この流星は地球のまわりをわずかに三時間二〇分で回転するとのことで、それによるとずいぶん速い速力なわけだ」

「すべての天文学者が、この衛星の存在を認めているわけかな？」と、ニコールがたずねた。

「そうでもない」と、バービケーンが答えた。「しかし、われわれのように、こうやってぶつかってみると、いやでも信じないわけにいかないだろう。じじつ、衝突しやしないかと、われわれはずいぶんはらはらしたが、この流星のおかげでわれわれの宇宙における位置を確かめることができるわけだ」

「そりゃ、どういうわけかね？」と、アルダンがきいた。

「つまり、この流星の、地球からの距離がわかっているからさ。われわれがぶつかった場所は、まさに地球の表面から八一四〇キロメートル離れているわけだ」

「二〇〇〇リュー（七八五五キロメートルに当たる）以上か！」と、ミシェル・アルダンがさけんだ。「われわれが地球と呼んでいる、あの哀れむべき球体から特別列車に乗りこんで、もうこんなところまで来たんだな！」

「そりゃそうさ」と、ニコールはクロノメーターを覗きこんで答えた。「いま十一時だから、アメリカ大陸を離れてから一三分しか経《た》っていない」

「たった一三分？」と、バービケーンがきき返した。

「そう。もし最初の一キロメートルの速度がつづいているとしたら、一時間に一万リュー（三万九二七三キロメートルに当たる）近く行くわけだ！」と、ニコールが答えた。

「それは結構な話だが、まだ解決されない問題が残っている。どうしてコロンビヤード砲の発射音が聞こえなかったのだろうか？」と会長がいった。

答はなく、会話はとぎれた。バービケーンは考えこみながら、側面の二番目の窓の覆いを下げた。窓がガラスだけになったので、月の輝かしい光が砲弾の内部をいっぱいにした。ニコールは倹約家なので、不要になったガス灯を消した。それにガス灯のあかりは、宇宙を観察するのに邪魔だったからである。

まんまるい月は、たとえようもなく澄みきって輝いていた。その光は、もはや地球のうすぼんやりした気圏を濾過《ろか》しないので、砲弾の内部を銀色の光の波で満たした。大空の黒いとばりは、月の光をいっそうきわだたせ、まわりの星々を蝕《しょく》しなかった。このような空の景観は、人類の目の思いもよらぬものであった。

これらの勇敢な連中が、夜空に輝く星をどのような興味をもって眺めていたか、またこの旅行をどんなにすばらしいと喜んでいたか想像できよう。この地球の衛星は公転しながら、知らぬまに天頂へと近づきつつあった。そこへ達するには、計算して約九六時間以上を要するはずだった。その山や平野やすべての起伏は、彼らがそれと考えたとしても、はっきりとは彼らの目に映じなかった。しかしその光は、空間を透して、ひじょうな強度をもってひろがっていた。月はプラチナの鏡のように輝いていた。彼らの足下に遠ざかりつつある大地についての記憶は、すでに旅行者の頭から離れようとしていた。

消え失せた地球について最初に注意を喚起したのは、ニコール大尉であった。

「ほんとだ！」と、ミシェル・アルダンが答えた。「地球のことを忘れてはならない。地球がわれわれの目に完全に見えなくなる前に、もう一度地球を見たいもんだな！」

バービケーンは、仲間の欲望を満足させてやるために、砲弾の底についている窓を開けることにした。そこからは、地球をまっすぐに見ることができるはずだった。発射の際にその力で尾部までひきずり降ろされた円盤は、ぞうさなく片づけられた。それは注意ぶかく壁に立てかけられた。もしものときに役立つかもしれないと考えられたからである。そこで、五〇センチメートルほどの、弾丸の内部にくり抜いてつくられてある円形の、大きな口が現われた。それには一五センチメートルの厚さの、銅の枠で補強されたガラスが、その口にはまっていた。その上には、ボルトで締めつけた一枚のアルミニウムの板が当ててあった。ねじ留めがはずされ、ボルトがゆるめられて、板がはずされたので、はじめて自由に外を見ることができるようになった。

ミシェル・アルダンは、ガラス窓の上にかがみこんだ。それは、ふかい霧がかかっているように曇っていた。

「おや！　地球は？」と、アルダンはさけんだ。

「地球は、そら、そこさ！」と、バービケーンがいった。

「へえ！　あのうすっぺらな、銀色の三日月がかい？」と、アルダンはいった。

「もちろんそうさ。四日目にわれわれが月に到着するとき、月は満月になり、そのとき地球は新月と同じになる。だから地球はいま、ほっそりした三日月形で見えるわけで、それも数日後には消えてなくなり、真の闇の中に没してしまうだろう」

会長バービケーンの説明は正しかった。地球は、砲弾の位置から見れば、最後の位相にはいったわけだ。いまそれは太陽にたいして離角四五度の位置に入り、大空のまっ暗な底に、うつくしい三日月を描いているのだ。その光は大気の層の厚みによって蒼白くなり、月の三日月の光よりも、うすくぼんやりしていた。この三日月は、月のそれと比べると、かなり大きかった。それは、大空に張りわたされた、一つの大きな弓だといってよかった。強く照らしだされている部分は、とくに凹面《おうめん》の個所においてはなはだしく、それはそこに高い山々があることを示していた。しかしそれはときどき、月の表面ではけっして見られない、濃い汚点にかくれて見えなくなった。それは、地球の回転楕円体のまわりにぐるりと散らばっている雲の環のためだった。

しかしながら、月が太陽にたいして離角四五度にあるとき月に生じる場合と等しい自然現象を考えて、地球全体の輪郭をつかむことはできた。その円盤全体は、灰色光の効果によってかなりはっきりと見えたが、その光は、月の灰色光よりも測定できにくかった。この光の弱さの原因は容易に理解できる。つまり月における反射は、地球がその衛星に反射する太陽光に負うているからであり、ここではその逆の理屈によって、月が地球にたいして反射する太陽光のおかげによるからなのである。ところで地球の反射光は、それぞれの大きさの相違から、月のそれよりも約一三倍強く、そこから灰色光の現象においてこのような結果が生じるのであって、この現象の強弱は二つの天体の光度に比例するがゆえに、地球の表面の暗い部分は月のそれよりもはっきりと現われないのである。同時に地球の三日月が、月のそれよりもいっそう細長い曲線をつくっているように見えることもつけ加えておきたい。それは、まったく発光作用の結果である。

このように旅行者一行が、宇宙のふかい闇の秘密をさぐろうとしていたとき、一群の流星のきらめきが彼らの目に映った。気圏との接触で燃えたったそれらの流星の群れは、暗闇の中に光の縞をつくり、月のまるい表面の灰色の部分に、その火線で縞目をつくっていた。このとき地球は近日点にあった。十二月という月は、これらの流れ星が現われるのに好都合であって、天文学者は一時間に二万四〇〇〇個も数えたという。しかし、科学的な理論を軽蔑していたミシェル・アルダンは、地球が三人の若者の出発を祝して、このきらきら光る打ち上げ花火をあげたのだと信じるほうを好んでいた。

要するに以上が、暗闇の中に消えて見えなくなったあの回転楕円体について彼らが見たすべてであり、太陽系のこの下位天体は、大きな惑星のために、たんなる一つの星として朝に夕べに沈んだり昇ったりしているのだ! 人間の知覚を超えた天空の秘事、彼らが多くの愛着を感じている地球は、はかない一つの三日月にすぎなかった!

長いあいだ三人の友は一言もしゃべらず、しかし心を合わせて眺めていたが、そのあいだに砲弾は、だんだんと速力を減じながら、遠ざかりつつあった。そのうちに、どうにも眠たくてやりきれなくなった。これは心身の疲れからであろうか? おそらくそうなのだろう、なぜなら、地球を去ってからの数時間は緊張の連続であったから、当然その反動は避けられないわけだろう。

「眠たければ、寝ればいいんだろう!」と、ミシェルがいった。

そして寝台に横になり、まもなく三人とも深い眠りに落ちていった。

しかし、一五分も経たないうちに、バービケーンがきゅうにものすごい声で、「わかった！」とさけんで、仲間の目を覚まさせた。

「なにがわかったんだ？」と、ミシェル・アルダンが、寝台から飛び起きてたずねた。

「コロンビヤード砲の砲声が聞こえなかった理由がさ！」

「それで……」と、ニコールがいった。

「発射のほうが、音よりも速かったからさ」

3　落ち着く場所

奇妙ではあるが、たしかに正しいこの説明がついてしまうと、三人はもう一度ふかい眠りにおちいった。眠るのに、ここより静かな場所、これよりおだやかな環境があるだろうか？　地上では街にある家も、田舎にある藁家《わらや》も、地殻に生じるあらゆる動揺を感じる。海上では、波に揺られる船は、衝撃や動きに従う。空気中では、密度の異なるさまざまなものの流動する層の上で、気球は絶えず揺れている。絶対の真空の中、絶対の沈黙の中に浮かぶこの弾丸だけが、絶対の休息を乗客に与えているのだった。

それだから、この冒険好きな三人の旅行者の眠りは、十二月二日の午前七時ごろ、すなわち出発から八時間後に、思いがけぬ物音が目を覚まさせなかったら、おそらく限りなくつづいたことであろう。

その物音、それはひじょうに特徴のある犬の吠え声だった。

「犬！　犬たちだ！」と、ミシェル・アルダンはすぐ起きあがって叫んだ。

「腹がへってるんだな」と、ニコールがいった。

「ほんとに忘れていたよ！」と、ニコールが答えた。

「犬たちはどこにいるんだろう？」と、バービケーンがたずねた。

みなは探しはじめ、一匹が長椅子の下にちぢこまっているのをみつけた。犬は最初の衝撃におびえ、気を失ったようになっていたが、空腹感がもどり、やっと声が出るようになるまで、隅っこにいたのだった。

かわいいディアーヌは、ひどく恥ずかしそうな様子をしていたが、やっとのことで隠れ場所から出てきて、ながながと伸びをした。しかしミシェル・アルダンは、やさしい言葉で元気づけた。

「おいで、ディアーヌ、出ておいで、お嬢さん！　遊星間に躍り出て、おそらくは月世界の犬どものエヴァとなるおまえ、そして、『はじめに神は人間を創り給《たも》うた、そして彼がかくも弱いのを見て、神は彼に犬を与え給うた』というあのトゥスネルの言葉を、月の世界で証明してみせるであろうディアーヌよ、さあ出ておいで！」

この言葉に気をよくしたのか、ディアーヌはすこしずつ歩き、訴えるような呻《うめ》き声を出した。

「よしよし」と、バービケーンはいった。「エヴァはみつかったが、アダムはどこにいるんだろう？」

「アダム！　アダムも遠くには行くまい、このへんにいるよ、呼んでみなけりゃ、サテリット！　サテリット！」と、ミシェルはさけんだ。

しかしサテリットは現われなかった。ディアーヌは呻きつづけていた。そのくせ、すこしも傷ついてはいない。うまい餌をやると、哀れっぽい声を出すのをやめた。

いっぽうサテリットはみつからない。長いあいだかかって、やっとこの砲弾の上部の仕切りの一つにいるのをみつけた。説明できないような衝撃が、サテリットを激しくそこにたたきつけたのだった。哀れな犬は、ひどく痛めつけられて、みじめなありさまになっていた。

「畜生！　おれたちの風土順化も危うくなったぜ！」と、ミシェルがいった。

みんなは注意しながらその犬を下に降ろした。頭部は天井に打ちつけられて砕けていた。癒《なお》ることはむずかしく思われたが、犬は蒲団の上に具合よく寝かされると、溜息を洩らした。

「介抱してやるからな」と、ミシェルはいった。「おまえの生命《いのち》には責任をもつよ。サテリット、おまえの肢《あし》を一本なくすより、おれの腕を一本なくしたいくらいだよ！」

そういいながら彼が水を与えると、犬はむさぼるように飲んだ。

手当てを済ますと、旅行者たちは注意ぶかく、地球と月を観察した。もう地球は灰色の表面しか見えず、そのまわりを前夜よりもいっそう細くなった三日月形が囲んでいた。しかしその大きさは、しだいに完全な円に近づいていく月に比べれば、まだまだ巨大なものであった。

「チェッ！」とミシェル・アルダンがいった。「地球が満月状態のとき、つまり太陽と衝《しょう》の位置にあるとき出発しなかったのは、ほんとうに残念だった」

「どうして？」と、ニコールがいった。

「そうすれば、いままでとはべつの陸や海を見られるからさ、陸地は太陽の光の下に輝き、海の色もいっそう色濃く、まるである種の世界地図に見られるようになるだろうからね。わたしは、まだ人の視線のとどいたことのない、地球の極地が見たいのだ」

「そりゃそうだ」と、バービケーンはいった。「だが、もし地球が満月だったら、月は新月になる。つまり、太陽の光の中にはいって見えなくなってしまうだろう。ところで、われわれにしてみれば、出発点を見るよりも到着場所を見るほうがいいわけだろう」

「そうだ、バービケーン」と、ニコール大尉が答えた。「それに月に着いたら、われわれは、月世界の長い夜のあいだに、われわれの同類がうごめいているあの球体をゆっくり眺められるからね」

「同類だって！」と、ミシェル・アルダンはさけんだ。「しかしいまではもう彼らは、われわれの同類じゃないな！　月世界の人がわれわれの同類でないのと同じにね。われわれは新しい世界に住んでいるんだ、われわれだけが住んでいるこの砲弾にね。わたしはバービケーンの同類、バービケーンはニコールの同類だ。われわれ以外には人類はない。ただの月世界の人となるまでは、われわれだけがこの小さい世界の住民なのだ」

「八八時間後だ」と、大尉は答えた。

「ということは……」と、ミシェル・アルダンがきいた。

「八時半だっていうことさ」と、ニコールが答えた。

「それなら」と、ミシェルはつづけた。「ただちに食事をはじめない理由はないな」

実際この新しい天体の住民は、物を食べずに生きることはできなかった。彼らの胃袋は、そのとき飢えの絶対的な法則に耐えていたのである。ミシェル・アルダンは、フランス人として、コック長になると宣言した。この重要な役目につこうと争う者はいなかった。料理の用意に充分な熱を出すガスはあるし、貯蔵箱は第一級の祝宴の材料をそなえていたのである。

食事は、すばらしい三杯のブイヨンではじまった。これは南米の大草原に住む反芻《はんすう》動物のいちばんよい部分でつくった貴重な牛肉エキスを錠剤にしたものを熱湯で溶かしたものである。牛のブイヨンの次は何枚かのステーキだった。これは水圧で圧縮したもので、カフェ・アングレの料理場でできたように柔らかく滋養《じよう》に富んだものだった。想像力の豊かなミシェルは、「生焼《なまや》けで血が滴《したた》っている」といいさえした。

肉の次は保存されてあった野菜、愛想のよいミシェルに従えば、「生のものよりも新鮮な」野菜だった。それから、アメリカふうにバターのついたパンとお茶だった。すてきだと折り紙をつけられたこのお茶は、ロシア皇帝がこの旅行者の準備品の中に幾箱か入れてくれたもので、特選の葉を煎《せん》じたものであった。

そして、この食事の終わりを飾るべく、アルダンは、偶然にも貯蔵部屋にあったブルゴーニュ産のすばらしいぶどう酒を一壜とりだした。三人の友人たちは、地球とその遊星との団結のためにそれを飲んだ。

そして、ブルゴーニュの丘の上に光を投げかけて育てたこのこくのあるぶどう酒だけでは充分でないとでもいうように、太陽が仲間入りをしようとしていた。砲弾はそのとき地球の本影を出ていた。この輝かしい天体の光線は、地球の軌道と月の軌道がつくる角度の割合で、砲弾の下のまるい部分にまっすぐに当たっていた。

「太陽だ！」と、ミシェル・アルダンがさけんだ。

「たしかにそうだ」と、バービケーンは答えた。「わたしは待っていたんだよ」

「しかし」と、ミシェルがいった。「地球が空間に投げかけている本影は、月よりもずっとずっとひろがっているんじゃないのかい」

「ずっとずっとひろがっているよ、もし空気による屈折を勘定に入れなかったらね」と、バービケーンがいった。「しかし、月がこの影に包まれているとき、それも、太陽、地球、月という三つの天体の中心が一直線になったとき、その関係は満月の位相に一致し、蝕《しょく》が起きる。もしわれわれが月蝕のときに出発したら、われわれの行程はすべて影の中でおこ

なわれることになり、それはやっかいなことなのだ」

「なぜ？」

「というのは、われわれは現在真空の中に浮かんではいるが、太陽の光線を浴びたこの砲弾は、その光と熱を集めるから。つまり、ガスの節約になるし、あらゆる点において節約になるのだ」

　実際、空気によってその温度や輝きをすこしも弱められていないこの光線の中で、砲弾は、とつぜん冬から夏に移ったように、熱くなり、明るくなっていた。頭上の月と足下の太陽がその砲弾を、そのおのおのの火熱で浸していた。

「ここは陽気がいい」と、ニコールがいった。

「まったくね！」ミシェル・アルダンがさけんだ。「このアルミニウムの遊星の上に、わずかの腐蝕土《ふしょくど》をひろげておけば、グリンピースを二四時間のうちに発芽させることもできるだろう。ただ一つ心配があるのだが、それはこの砲弾の外壁が溶けはしないかということなんだ」

「安心しなさい」と、バービケーンが答えた。「砲弾は大気の層を通っているあいだでも、もっと高い温度に耐えたんだよ。フロリダの観客の目に砲弾が火の玉と見えても、わたしは驚かなかったろうね」

「しかしそうすると、J・T・マストンはわれわれが丸焼けになったと思ったにちがいなわれわれが予想しなかった危険があったんだ」と、バービケーンがいった。

「わたしもそれを心配していた」と、ニコールがあっさりいった。

「そしてきみは、そのことをすこしもいわなかったんだね、大尉」と、ミシェル・アルダンは友の手を握りしめながらさけんだ。

そのあいだにバービケーンは、まるで砲弾から出ることがないとでもいったふうに、自分の場所をつくりはじめていた。この空の車の底部は五四平方フィート、高さはその円天《まる》井の頂点まで一二フィートあった。この旅行のための機械や道具等は、それぞれ特別な場所に置かれてあってあまり邪魔にもなっていなかったし、じょうずに整頓すればこの砲弾は三人の乗客にある程度の動作の自由の余地を与えていたのである。底部の一個所に嵌《は》められた厚いガラスは、相当な重さにも、しっかり耐えるものであった。そこでバービケーンとその友は、その上をまるで固い床板のように歩きまわっていた。しかし太陽の光線は直接そのガラスにさし、砲弾の内部を下から照らして、そこに妙な光の効果をつくりだしていた。

三人はまず、水と食料の箱の状態を確かめた。ショックを弱めるためにとられた処置のおかげで、これらの箱はすこしも痛んではいなかった。食料は多量にあって、三人をまる一年も養うに足るほどであった。バービケーンは、月の中でも絶対に不毛な場所に砲弾が着いた場合のことを心配したのだった。五〇ガロンに達する水と予備のブランデーについては、二か月ぶんだけはあるのだった。しかし天文学者たちの最近の観察を信頼するなら、月には少なくとも深い谷間に密度の高い空気があり、そこには川や泉があるはずだった。それだから、月の大陸を旅してまわるあいだも、設営した最初の年のあいだは、これらの冒険好きな探検家たちは飢えも渇きも感じることはないはずだった。

砲弾の内部の空気の問題が残っていたが、それもまったく安心だった。酸素をつくるレイゼとレニョーの機械は、塩素酸カリを二か月ぶん与えられていた。その機械を四〇〇〇度以上の温度に保つ必要があるので、どうしてもある量のガスが消費されるのだった。しかしこれもまた大丈夫だった。機械はほとんど監督する必要がなかった。自動的に動いていたのである。このような高温では、塩素酸カリが塩化カリウムに変わるとき、もっている酸素をすべて出すのである。ところで一八ポンドの塩素酸カリはどのくらい酸素を出すかといえば、この砲弾の中の人々が毎日消耗するに必要な七ポンドなのである。

しかし酸素を新しくするのだけでは足りなかった。呼吸によって生じる炭酸ガスを始末しなければならなかった。酸素を吸い込み、それによって血液内の諸要素が燃焼して生じた有毒ガスが、この砲弾の空気中に、一二時間来ふえていたのだった。ニコールはこの空気の状態を、ディアーヌが苦しそうに呼吸しているのを見て知った。じじつ、有名な〝犬の洞穴〟に見られるものと同じ現象によって、炭酸ガスがその重さのために砲弾の底のほうに集まってきていた。ディアーヌは主人たちよりも頭の位置が低いために、先にこのガスに苦しんでいたにちがいなかった。ニコール大尉はこの現状を改めることを急いだ。大尉は砲弾の底に、炭酸ガスとよく結合する腐蝕性苛性《かせい》カリを入れた容器を置いて、しばらく動かしていると、すっかり炭酸ガスを吸収してしまって、砲弾の中の空気は浄化されたのである。

それから器材調べがはじまった。寒暖計と気圧計については、最低温寒暖計が一つガラスが割れていただけで、その他は大丈夫だった。綿を詰めた箱の中にしまっておいた、優秀なアネロイド気圧計がとりだされて壁に掛けられた。もちろんこの気圧計も、砲弾の内部の空気の圧力だけを感じて記録するにすぎなかった。しかし、これはそのほかに水蒸気の量を示していた。そのとき針は、七三五ミリメートルと七六〇ミリメートルのあいだを動いていた。〝晴天〟であったのである。

バービケーンが羅針盤を数個もちこんでおいたのが、そっくり出てきた。こういう状態では羅針盤の針が狂う、つまりはっきりした方向を指さないということがわかった。このくらい砲弾が地球から離れると、磁極も羅針盤にはなんら作用を及ぼすことがなかった。しかしこれらの羅針盤も、月の表面に行けば、おそらく特別な現象を示すと思われた。いずれにしても、月も地球のように磁力の影響を受けているかどうかをしらべることは興味あることだった。

月の山々の高さを測るための測高器、太陽の高度をしらべる六分儀、測量図をつくるための測地学の道具である経緯儀、月に接近するに従って真価を発揮するにちがいない望遠鏡、これらの器具が念入りに点検されたが、最初の激しかった動揺にもかかわらず役に立つことが確かめられた。

ニコールがとくに選《え》りすぐってもってきた、ピッケル、つるはし、その他の道具も、ミシェル・アルダンが月の土地に植えようとしていたいろいろな種子や小さな木なども、砲弾内の上部の片隅にきちんとしていた。そこには一種の屋根裏部屋ができていて、この天才的なフランス人がいろいろなものを詰めこんでいたのだった。どんなものがあるのか、この快活な青年は説明しなかったので、他の者はすこしも知らなかった。そこを検分する権利を自分にだけ留保してあるその物置へ、ミシェルはときどき壁に打ちつけた鎹《かすがい》を上っていった。いくつかあるなぞめいた箱を整頓したり、片づけたり、大いそぎで手を突っこんだりしていた。そういうとき、彼はフランスの古い歌の繰り返し《ルフラン》をひどく調子はずれの声で歌っていたが、それは部屋じゅうをずいぶん陽気にしてくれた。

バービケーンは、砲弾の信管やその他の爆弾が損なわれていないのを知って喜んでいた。これらの重要品は、引力の中間点を過ぎてから、月の引力の影響で砲弾が月の表面に落ちるときの墜落を弱めるのに役立つはずだった。しかしその墜落は、月と地球の大きさの違いによって、地球の表面に墜落する場合の六分の一の速度だった。

検査はこうして一同の満足のうちに終わった。そして各人それぞれ、側面の窓や底部のガラス越しに空間を観察するために戻った。

同じ光景であった。無限の天球のひろがりは驚くほど浄《きよ》らかな星や星座に満ちて、そのありさまは天文学者を狂喜させるようなものだった。いっぽうには灼熱した炉の口のように、暈《かさ》もなくまばゆい円盤の太陽が、空の黒い底から浮き出していた。他方では、月は太陽の光を反射し、星の世界のただなかに不動のように見えていた。そして、天空にあいた穴のように見える、半ば銀色のふちどりに囲まれた濃い汚点、それが地球であった。ところどころ、星に降る雪の大きな粒のようにかたまった星雲が天頂から天底までひろがって、こまかい星屑のつくる巨大な環、それが銀河であり、この中では太陽も四番目に大きい星にすぎないだろう。

三人の観察者たちは、この目新しい光景から視線をそらすことができなかった。どう説明しても、これを想像させることはできないだろう。これらの光景はどれほどの思いを三人に与えたことだろう、彼らの心の中にそれまで感じたことのないどんな感動をかきたてたことだろうか！　バービケーンはこの印象に動かされているときに、旅行記を書きはじめようと思った。彼は計画のはじめから、事実そのままを克明に書き記した。角ばった大きな字で、多少商人のような文体で静かに書きつづけていった。

そのあいだニコールは、弾道学の公式を再検査し、だれも真似ができないほど巧みに数字を操っていた。ミシェル・アルダンは、返事もしないバービケーンに、彼の話を聞きもしないニコールに、彼の理屈のさっぱりわからぬディアーヌに、しまいには彼自身に語りかけ、自問自答しながら行ったり来たり、いろいろこまかいことに気をかけ、底部のガラス戸にかがみこんでみたり、砲弾の上のほうにのぼってみたりしていた。そして絶えず小声で歌っているのだった。この小さな世界の中で、彼はフランス人の落ち着きのなさとおしゃべりな性質とを示しているのだった。しかしそれらの性質はりっぱに示されていたことは信じていただきたい。

一日は、というよりは一二時間は——といったほうが正しい——すばらしい、たっぷりある夕食によって終わった。三人の旅行者の安心感をそぐような事件はまだなにも起こってはいなかった。そのため希望に満ち、すでに成功を信じて、彼らは平和に眠りこんだ。そのあいだに砲弾は、しだいに速力を減少しながら、空の公道を通過しつつあった。

4　代数学をちょっぴり

夜は何事もなく過ぎた。実際のところ、この〝夜〟という言葉は不適当である。砲弾の状況は、太陽との関係においては、すこしも変化しなかった。砲弾の底部では昼であり、上部では夜であった。ところで、この物語の中で昼と夜という言葉が使われるとき、それは地球上での日の出と日の入りのあいだの時間をあらわすのである。

砲弾はひじょうな速度で動いているにもかかわらず、まるで動かないように思われるほどだっただけに、三人の旅行者の眠りはじつに穏やかであった。宇宙を突き進んで動いていることを示すような動揺はすこしもなかった。どんなに速く進行していても、真空の中を進むときや空気がいっしょにまわっているときには、有機体の上に感じられるような作用が生じることはありえないものである。地球上のだれが、一時間九万キロメートルの割合で自分たちを運んでいる地球の速度に気づいているだろうか？　この条件の下では、運動も静止と同様に、感知されないのである。それゆえあらゆる物体は運動に無関心となる。一つの物体は、それが静止しているときは、他のなにかの力がその位置を変えるまではその状態をつづける。動いているときには、なにかの障害がその動きを抑えなければ止まることはない。運動および静止におけるこの惰性、これが慣性なのである。

バービケーンとその仲間は、砲弾の内部に閉じこめられていたので、自分たちは絶対の不動のうちにあると思うことができたのである。砲弾の外にいたとしても結果は同じであったろう。もし頭上にしだいに大きくなる月と、足下にしだいに小さくなる地球がなかったなら、彼らは自分たちが完全な淀みの中に浮かんでいると思ったことだろう。

十二月三日の朝、彼らは愉快な、しかし思いがけない物音によって目を覚まされた。それは砲弾の内部に響きわたった鶏《にわとり》の声だった。

まっ先に立ちあがったミシェル・アルダンは砲弾の頂点まで這いのぼり、半開きになった箱を閉めながら低い声でいった。

「黙れよ、おれの計画を台なしにする気かい！」

しかし、ニコールもバービケーンも、目を覚ましていた。

「鶏かい？」と、ニコールがいった。

「そうじゃない」と、元気よくミシェルは答えた。「田園ふうの発声法で、きみたちを起こしてやろうと、ぼくがやったんだよ」

そういうとミシェルは、みごとに一声コケコッコと鳴いてみせた。その声は最も高慢ちきな鶏どもに、さらに栄光を与えるほどのものだった。

二人のアメリカ人は笑いを抑えることができなかった。

「おもしろいことを知ってるね！」疑わしそうに友を見つめながら、ニコールがいった。

「うん」とミシェルは答えた。「わがはいの国ではよくする冗談さ、まったくガリア人式なんだ。上流の社交界でもこうするんだよ！」

そして話題を変えていった。

「ねえ、バービケーン、ぼくが一晩じゅうどんなことを考えていたかわかるかい？」

「わからないね」と、会長が答えた。

「ケンブリッジのわれわれの友人たちのことさ。きみはもう気づいているだろうが、数理的なことには、じつにぼくは驚くほど無知なんだ。月に向かって砲弾がコロンビヤード砲から撃ちだされたときの最初の速度を、天文台の学者たちがどうして計算したか、ぼくは考えることができないよ」

「つまり」と、バービケーンは答えた。「地球の引力と月の引力が均衡している中立点まで到達するためには、と、きみはいうんだろう。というのは、行程のおよそ一〇分の九に当たるこの点を過ぎれば、砲弾は単純にその重さのために月まで落ちていくのだからね」

「それもそうなんだが」と、ミシェルは答えた。「もう一度きくけれど、あの連中はどうして最初の速度を算出することができたんだろう？」

「それはじつに簡単なことなんだよ」と、バービケーンは答えた。

「それじゃ、きみは、その計算ができるのかい？」と、ミシェル・アルダンはたずねた。

「できるとも。天文台でくれた文書がその手間をはぶいてくれたんだが、もしそうでなかったら、ニコールとわたしでやったろうね」

「へえ！　こちとらのようなものに、そんな問題を解けなんて、首をはねるといわれたって無理だね！」

「きみは代数を知らないからだよ」と、バービケーンは落ち着いて答えた。

「ああ！　きみたちはまったくXの好きな人たちだね。代数といえば、きみたちはもうなんでもいいつくしたように思っているんだから」

「ミシェル」と、バービケーンはいった。「きみは槌《つち》を使わないで鍛えたり、鋤《すき》を使わないで耕したりできると思うかね」

「それはできないだろうよ」

「それなら、代数は槌や鋤と同じように一つの道具なんだ。使うことのできる者にとっては便利な道具なんだよ」

「本気でいっているのかい？」

「本気だとも」

「それじゃきみは、ぼくの目の前で、その道具を使ってみせることができるかね」

「もしきみが興味があるなら」

「では、砲弾の最初の速度をどうして計算するのか、見せてもらえるんだね？」

「もちろんだとも。問題のあらゆる資料、つまり地球の中心から月の中心までの距離、地球の半径と質量、それから月の質量などを考慮に入れて、わたしは砲弾の最初の速度を正確に出せるよ。それは一つの簡単な式なんだ」

「さあ、その式っていうのは！」

「すぐに見せるよ。ただね、地球と月とが太陽の周囲をまわっているということを考慮したうえで、砲弾が月と地球のあいだで実際にたどった曲線をきみに示すことはできないのだ。うん。わたしはこの二つの天体を不動のものとして考える。われわれにはそれで充分なのだ」

「なぜ？」

「それはね、〝三体問題〟と呼ばれて、積分学もそれを解決するほどには進んでいない問題の解決を求めることになるのだからね」

「ええっ」と、ミシェル・アルダンはからかうような調子でいった。「それじゃ、数学はまだ最後の言葉をいったわけではないんだね？」

「そうだとも」と、バービケーンは答えた。

「ふうん！　きっと月世界の人たちは、きみたちよりもずっと積分学の研究を進めているんだろうよ！　ところでその積分というのは、なんのことなのだね？」

「微分学の反対のものだよ」と、バービケーンは、まじめに答えた。

「それはご親切なことで」

「言葉を変えれば、ある有限の分量のものを、その微分を知っていて求める算法なんだ」

「とにかく、それではっきりしたよ」と、あまり満足した様子もなくミシェルは答えた。

「さて」と、バービケーンはいった。「紙一枚と鉛筆一本あれば、三〇分以内におたずねの式がわかると思うよ」

そういうとバービケーンはその問題に熱中しはじめた。いっぽうニコールは、昼食の用意を友人にまかせて、空間を観察しつづけていた。

バービケーンは三〇分経《た》たないうちに顔をあげ、ミシェル・アルダンに代数の記号でいっぱいになった一ページの紙を示した。その中央に、公式として次の式がはっきり書かれてあった。

$$\frac{1}{2}(v^2-v_0^2)=gr\left(\frac{r}{x}-1+\frac{m'}{m}\left(\frac{r}{d-x}-\frac{r}{d-r}\right)\right)$$

「これはどういう意味なんだい?」とミシェルがたずねた。

「これはね」と、ニコールが答えた。「v自乗マイナスvゼロの自乗の二分の一は、x分のrマイナス1に、dマイナスx分のrマイナス、dマイナスr分のrにm分のmダッシュを掛けたものを加えて、grを掛けたものに等しい、というのだよ……」

「xをyの上にのせる、そいつをzの上に持ち上げて、おまけにもう一つpの上に跨《また》がらせて」ミシェル・アルダンはそうさけぶと、ぷっと噴き出した。「それで、きみはこれがわかるかい、大尉？」

「これよりはっきりしたものはないね」

「なんだって」と、ミシェルはいった。「そうくるだろうと思ったよ。もうこれ以上たずねるのはやめた」

「いつでもきみは笑うんだね！」とバービケーンが答えた。「きみは代数を知りたいといったね、きみはとことんまで究《きわ》められるんだよ」

「そんなことをするくらいなら、絞め殺してもらいたいほどだよ」

「なるほど」と、いかにも専門家らしく、その式を調べていたニコールがいった。「とても独創的だと思うよ、バービケーン。活力の方程式を積分したんだね、これが最後の結果をもたらしてくれることをわたしは疑わないね！」

「しかし、ぼくにもわかればなあ！」と、ミシェルはさけんだ。「もしそれがわかるなら、ニコールに寿命を一〇年ゆずってもいいが！」

「それじゃ聞きたまえ」と、バービケーンがいった。

「v自乗からvゼロの自乗を引いたものの二分の一というのはね、エネルギーの偏差の半分を求める式なのだ」

「よし、それでニコールはこれがどういう意味なのかわかるかい？」

「たぶん、わかると思うよ、ミシェル」と、大尉は答えた。「きみには魔法のように思えるこういう記号も、読み解くことのできる者には、最も明瞭で明晰《めいせき》で論理的な言葉なんだよ」

「それでニコール、きみは」と、ミシェルはたずねた。「あのエジプト人の聖鳥よりももっと不可解な象形文字によって、砲弾の最初の速度がどのくらいだったか考えればいいってわけかね？」

「そのとおり」と、ニコールは答えた。「そのうえ、この式から、砲弾が飛んでいるあいだのある点における速度も求められると思うね」

「確かかね？」

「確かだとも」

「ふうん、それじゃ、きみも会長殿と同じくらいに人が悪いんだね」

「いや、ミシェル、むずかしいことはバービケーンがしてしまったんだ。問題のあらゆる条件を考慮に入れた方程式をつくることなんだ。それ以後はもう算術の問題にすぎないし、必要なのは加減乗除の四則だけなのだよ」

「もうたくさんだ」と、ミシェル・アルダンは答えた。彼は生まれて以来、正しい足し算を一度もしたことがなく、この加法というものを、〝無限に多くの和を求めることのできる、めんどうな問題〟ときめつけていたのだった。

バービケーンは、ニコールだってよく考えればきっとこの式を思いついたろう、といった。

「いや、ぜんぜん考えなかったよ」と、ニコールは答えた。「わたしはこの式を検討すればするほど、よくできた式だと思っているんだから」

「まあ聞きたまえ」と、バービケーンは、その学問にうとい友に語りかけた。「これらの字が意味をもっているということが、きみにもわかるよ」

「聞きましょう」と、ミシェルはあきらめた様子で答えた。

「dは」と、バービケーンははじめた。「地球の中心から月の中心までの距離だ。なぜならば、引力を計算するときに問題なのは中心だからね」

「それはわかる」

「rは地球の半径」

「rは半径、よろしい」

「mは地球の質量、mダッシュは月の質量。実際、たがいに引き合う二つの物体の質量を考えなければならない。なぜなら、引力は質量に比例するからね」

「わかった」

「gは重力をあらわす、つまり、地球の表面に向かって落ちる物体が一秒後にもつ速度なのだ。わかるかい？」

「はっきりと」と、ミシェルがいった。

「それから、xは地球の中心から砲弾までの変化する距離、vはその位置における砲弾の速度をあらわす」

「いいとも」

「終わりに、vゼロは砲弾が空気を出たときの速度をあらわす」

「もうわからないよ」

「しかし、じつに単純なんだ」と、バービケーンがいった。

「ぼくほど単純じゃないね」と、ミシェルが答えた。

「それはつまり、われわれの砲弾が地球の気圏の境界に達したとき、砲弾は最初の速度の三分の一をすでに失っているということなのだ」

「どのくらいかね」

「うん、気層との摩擦によるだけだからね。砲弾の速度が早いほど空気の抵抗が大きくなるということはわかるだろう」

「それはそうだ」と、ミシェル・アルダンは答えた。「わかるよ、ぼくの頭の中じゃvゼロの2だかvゼロの自乗だかが袋の中の釘のようにゆれているけれど」

「代数の最初の成果というものさ」と、バービケーンが答えた。「それじゃ仕上げとして、これらの記号に既知数を当てはめてゆこう、つまり計算するんだ」

「すっかりやってもらおう」と、ミシェルは答えた。

「この記号のうちいくつかはわかっているが、いくつかは計算しなければならないんだ」とバービケーンはいった。

「計算はわたしが引き受けよう」と、ニコールが口をだした。

「それでは、rは」と、バービケーンははじめた。「rは地球の半径、われわれの出発地フロリダの緯度における半径は、六三七万メートル。dすなわち地球の中心から月の中心までの距離は、地球の半径の五六倍、そうすると……」

ニコールは、すばやく計算した。

「すると、三億五六七二万メートルになる」

「よし」と、バービケーンはいった。「次はm分のmダッシュ。つまり、月の質量と地球の質量の関係イコール八一分の一」

「結構」と、ミシェルがいった。

「gすなわち重力は、フロリダにおいては、九メートル八一。そこでgrイコール……」

「六二四二万六〇〇〇メートル」と、ニコールが答えた。

「それで?」と、ミシェル・アルダンはたずねた。

「それで、式に数字が当てはめられたわけなんだ」と、バービケーンは答えた。「次に、いまからvゼロを求めるんだ。vゼロというのは、引力の均衡点に速力がなくなって到達するために、砲弾が気圏を離れる際にもたねばならない速力なんだ。その点に到達した瞬間には速度はないんだから、それをゼロとし、xすなわちこの引力の中立点の距離は一〇分の九d、つまり地球と月の中心の距離の一〇分の九とする」

「そうであるべきだということが、ぼんやりわかるよ」と、ミシェルはいった。

「ゆえに、xイコール一〇分の九d、vイコールゼロ、それでわたしの式はこうなる……」

バービケーンは紙にすばやく書いた。

$$v_0^{\,2} = 2gr\left\{1 - \frac{10r}{9d} - \frac{1}{81}\left(\frac{10r}{d} - \frac{r}{d-r}\right)\right\}$$

ニコールはむさぼるような目で、この式を読んだ。

「これだ！　これだ！」と、彼はさけんだ。

「それで、きみはわかったかい？」と、バービケーンが、ミシェルにきいた。

「わかったとも」と、ミシェル・アルダンはさけんだ。「しかし、おかげでぼくの頭は爆発しちまうっていうこともわかったよ！」

「そこで」と、バービケーンはつづけた。「vゼロの自乗は、$2gr$掛ける大括弧一マイナス九d分の一〇r、マイナス八一分の一掛ける小括弧d分の一〇rマイナス、dマイナスr分のr、小括弧閉じる大括弧閉じる」

「そしてこんどは」と、ニコールがいった。「砲弾が気圏から出るときの速度を求めるのだが、もうあとは計算するだけだ」

大尉は、あらゆる種類のむずかしい問題に熟練した専門家として、恐ろしい速さで計算をはじめた。掛算割算が、彼の指先からぞくぞくと現われた。彼の白いノートに数字が霰《あられ》のように降った。バービケーンはそのようなニコールを目で追っていた。ミシェル・アルダンは偏頭痛が起こってくるのを両手で押さえつけていた。

「さてと?」数分間の沈黙ののち、バービケーンがたずねた。

「さて! 計算は全部すんだ!」と、ニコールは答えた。「vゼロ、すなわち引力の中立点に到達するための、砲弾が気圏を出るときの速度は、当然……」

「当然?」と、バービケーンはいった。

「最初の一秒間に、一万一〇五一メートル」

「ええっ!」バービケーンは飛びあがった。「なんだって?」

「一万一〇五一メートル」

「しまった!」絶望の身ぶりで会長は叫んだ。

「どうしたんだい?」と、ひどく驚いたミシェル・アルダンがたずねた。

「なんとしたことだ！　しかしそうだ、速度は摩擦によって三分の一はなくなっている。最初の速度は……」

「一万六六五七六メートル」と、ニコールが答えた。

「ケンブリッジ天文台は、発射のときに一万一〇〇〇メートルで充分だと宣言したし、砲弾はちょうどその速度で発射したんだ」

「それで」と、ニコールがたずねた。

「それで、その速度では不足なんだ」

「へえ！」

「われわれは引力の中立点にまで行けないよ」

「畜生！」

「それどころか、半分までも行けないんだ！」

「ちぇっ！」砲弾がいまにも地球にぶつかりでもするように、ミシェル・アルダンは飛びあがって、さけんだ。「そしてわれわれは地球にもう一度落ちていくんだな！」

5　空間の冷却

この意外な新事実は青天の霹靂《へきれき》だった。このような計算違いを、だれが予想したろうか？　バービケーンはそのようなことを信じたくなかった。ニコールは計算をやりなおしてみた。やはり正確だった。この数字の算出の基礎となった公式は間違っていなかった。検証の結果、天空の中立地帯に達するには、最初の一秒間で一万六五七六メートルの速度が必要であることが確かになった。

三人の友人は無言で顔を見合わせた。昼食のことなどはもう問題ではなかった。歯を食いしばり、眉を寄せ、こぶしを握りしめて、バービケーンは舷窓《げんそう》を覗いていた。ニコールは腕を組み、計算を調べていた。ミシェル・アルダンはぶつぶついっていた。

「まったく学者っていうのは、こんなことしかしないんだからね！　ケンブリッジの天文台の上に落っこちて、中にいる数字を使う悪党どもといっしょに天文台をこわすことができるなら、ピストール金貨二〇枚でも出すんだがなあ！」

とつぜん、大尉はバービケーンにその考えをいった。

「うん、午前七時だ。すると、出発後三二時間経《た》ったんだな。行程の半分以上は過ぎたことになる。それでもわれわれは落ちてはいない、はてな！」

バービケーンは答えなかった。しかし、すばやい一瞥《いちべつ》を大尉に投げると、彼はコンパスをとりあげ、地球の角距離を測った。それから彼は底部のガラス窓から、砲弾が一見したところ動いていないように思えるということも考慮に入れて観察をおこなった。そしてからだを起こすと、汗が粒になっている額を拭いながら、彼は紙にいくつかの数字を並べた。会長が地球の直径から砲弾と地球のあいだの距離を減じようとしているのを、ニコールは理解した。そしてバービケーンを不安げに見守っていた。

「落ちない！」数瞬間後バービケーンはさけんだ。「落ちないよ、われわれは落ちはしないんだ。もう地球から二〇万キロ以上も離れているんだ。もし発射のときの速度が一万一〇〇〇メートルしかなかったとしても、砲弾が止まってしまう点をわれわれは通り越したんだ。相変わらずわれわれは上昇しているんだ」

「むろんだ」と、ニコールが答えた。「するとわれわれの発射のときの速度は、四〇万リーヴル（一リーヴルは四八九・五グラムに当たる）の火薬の力で、必要だった一万一〇〇〇メートル以上だったと結論しなければならない。そして、一三分後にわれわれは、地球から八〇〇〇キロ以上のところをまわっている第二の衛星に出合ったんだと思うね」

「この説明も」と、バービケーンはつけ加えた。「仕切り板の中の水を棄《す》てて、砲弾が急速に相当な重さを減じたので、いっそう妥当なものになるんだ」

「まさにそのとおり！」と、ニコールがいった。

「ああ、ニコール君」と、バービケーンがさけんだ。「われわれは助かったよ」

「では」と、ミシェル・アルダンは静かに答えた。「われわれは助かったんだから、食事にしよう」

実際、ニコールは間違ってはいなかった。最初の速度は、幸運にもケンブリッジ天体観測所の示したもの以上だったのである。とはいえ、ケンブリッジ天体観測所も間違っていたのではなかった。

旅行者たちは誤った警報から解放されたので、テーブルにつき、楽しく食事をはじめた。みんな、じつにたくさん食べた。しかしそれ以上にたくさんしゃべったものだ。安心感は、〝代数事件〟のあとのほうが、前よりもいっそう大きかった。

「どうしてわれわれが成功しないっていう法があるかね？」と、ミシェル・アルダンは繰り返していった。「どうしてわれわれが月に到着しないってことがあるかね？　われわれは発射されたんだ。前途にはなんの邪魔物もありはしない。われわれの進む道には小石もないんだ。進路にはぜんぜん障害はないのだ。海と闘う船の航路より、風に逆らう気球の空路より自由なのだ。そして、船がその望むところに到着し、気球がその好むところに昇っていくものなら、どうしてわれわれの砲弾がめざす目的地に着かないことがありうるだろう？」

「着くよ」と、バービケーンはいった。

ミシェル・アルダンはさらにつけ加えた。「それに、このような企《くわだ》てをなしとげうる唯一の民たるアメリカ国民を、バービケーン会長を生んだ唯一の民であるアメリカ国民を名誉あらしめるためだけにでも。そうだ、もうわれわれになんの不安もない現在、われわれがどうなるだろうかということを考えるべきだ。われわれは公然と退屈するでありましょう！」

バービケーンとニコールは否定の身ぶりをした。

「しかし諸君」と、ミシェル・アルダンはつづけた。「ぼくはこういう場合を予測していたよ。さあ、諸君のお好きなように、チェス、チェッカー、トランプ、ドミノ、御意《ぎょい》のままです。ないのはビリヤードだけさ」

「なんだって！」と、バービケーンはたずねた。「きみはそんなつまらないものをもちこんでいたのかい？」

「もちろん」と、ミシェルは答えた。「きみたちの気晴らしのためだけではないんだ。月世界の居酒屋に備えようという、りっぱな意図もあるんだよ」

「きみ」と、バービケーンはいった。「もし月になにか住んでいるものがいるとすれば、それは地球の生物よりもあきらかに数千年は進歩しているだろうね。なぜならば、月が地球より古いものだということは疑いないことだからね。それだから、もし月世界の人が何十万年も前から存在していたとして、彼らの頭脳が人間のようなものだとしたら、彼らはわれわれがすでに発明したものをすべて発明しているだろうし、そのうえ今後何世紀かののちにわれわれが発明するものまでも発明しているだろう。彼らにはわれわれから学ぶべきものはないし、われわれのほうがすべて彼らから学ぶべきだろうね」

「なんだって！」と、ミシェルは答えた。「彼らの内に、フィディアスやミケランジェロやラファエロのような芸術家がいたと、きみは思うのかい！」

「うん」

「ホメロスやヴェルギリウスやミルトンやラマルティーヌやユゴーのような詩人もかい！」

「そうだとも」

「プラトンやアリストテレスやデカルトやカントのような哲学者も？」

「アルキメデスやユークリッドやパスカルやニュートンのような学者も？」

「断言するね」

「アルナルのような道化役や、ナダールのような、ああいった写真の名人も？」

「たしかに」

「それじゃ、バービケーン君、もし彼らがわれわれと同じくらい、いや、われわれよりもさらに強力であったならば、月世界の人たちはなぜ地球と連絡をとろうとしないんだ。なぜ地球の領域にまで月の砲弾を発射しないんだ？」

「彼らがしなかったと、だれがいったかね？」と、本気になってバービケーンは答えた。「実際」と、ニコールはつけ加えた。「われわれの場合より、彼らのほうがいっそう容易なのだ、これには一つの理由がある。第一は、月の表面では地球の表面より引力が六分の一であるということ、これは砲弾をいっそうやすやすと飛び立たせることになる。第二の理由は、地球の場合は三二万キロだが、月の場合は三万二〇〇〇キロだけ砲弾を飛ばせば充分なのだ。これは発射の力が一〇分の一でよいということになる」

「それなら」と、ミシェルはつづけた。「ぼくは何度でも繰り返すがね、なぜ彼らはしなかったんだい」

「じゃこっちも何度でも繰り返すがね」と、バービケーンは答えた。「彼らがしなかったと、だれがきみにいったんだい」

「いつ？」

「何千年も前に、地上に人類が出現する以前に」

「それでその砲弾は？　砲弾はどこにあるんだい？　ぼくはその砲弾を見たいもんだね！」

「ねえ、きみ」と、バービケーンは答えた。「海は地表の六分の五を占めているのだよ。だから、もし月の砲弾が発射されたとして、六つのうち五つまでは、それが現在大西洋か太平洋の底に沈んでいると想像してもよいわけだ。もしまだ地殻が充分に固まっていないうちで、砲弾がどこかの裂け目に埋まりきっているのかもしれない」

「バービケーン君」と、ミシェルは答えた。「きみはどんなことにでも返事が用意できているので、ぼくもきみの知恵には頭が下がるよ。けれどもぼくには、ずっといいと思える仮説が一つあるんだ、それは、われわれよりも古い月世界の人たちは、われわれよりも賢くて、火薬を発明しなかったということだ」

そのとき、よく響くうなり声をたててディアーヌが会話にはいってきた。犬は昼食を要求していたのだった。

「ああ！　われわれは議論していたおかげで、ディアーヌとサテリットのことを忘れていたよ」と、ミシェル・アルダンはいった。

すぐに、上等のパイが一切れあてがわれた。犬は旺盛な食欲で、それをむさぼるように食べた。

「ねえ、バービケーン」と、ミシェルはいった。「われわれは、この砲弾を第二のノアの箱船のようにして、あらゆる家畜を一組ずつ月にもっていくべきだったね」

「たぶんね」と、バービケーンは答えた。「しかし、それにしては場所がなかったろう」

「そう、すこし詰めれば！」と、ミシェルはいった。

「じじつ」と、ニコールは答えた。「去勢した牡牛や、しない牡牛、それから牝牛、こういう反芻《はんすう》動物は、すべて、月の大陸でわれわれにずいぶん役に立つだろうね。しかし不幸なことに、この乗りものは馬小屋にも牛小屋にもなることはできなかった」

「しかしせめて」と、ミシェル・アルダンはいった。「われわれはロバを一頭連れこむことはできたろうに、小さいロバをたった一頭くらいならね。シレーヌ老人が乗るのが好きだった、あの勇気のある忍耐強い動物ならね。ぼくは、あの哀れなロバっていう動物が大好きなんだ。あいつはあらゆる動物の中で、最も恵まれない動物なんだ。生きているあいだだけではなく、死んでしまったのちにも、人間は彼らを打《ぶ》つのだよ」

「どういう意味なんだい？」と、バービケーンはたずねた。

「だって、ロバの皮で太鼓をつくるからさ」

バービケーンとニコールは、このとっぴな考えに噴き出さずにはいられなかった。しかし、その陽気な友人のさけび声が、彼らの笑いを止めた。ミシェルはサテリットの寝ているところにからだをかがめていた。そしてからだを起こすといった。

「おい、サテリットはもう病気じゃあないよ！」

「ええっ！」と、ニコールがいった。

「いや、死んでいるんだ、ほら」彼は哀れむような口調でつけ加えた。「困ったな！　おいディアーヌ、かわいそうに、おまえは月の世界で、犬の祖先になれないぜ！」

じじつ不運なサテリットは、その傷に耐えて生きることはできなかったのだ。サテリットは死んだ、りっぱな死に方だった。ミシェル・アルダンは、ひじょうにとり乱した様子で二人の友を見守った。

「問題だな」と、バービケーンはいった。「これから四八時間のあいだ、われわれはこの犬の死体をここに置くことはできないね」

「うん」と、ニコールは答えた。「しかし舷窓は蝶番《ちょうつがい》だし、開けることができるんだから、窓を一つをあけて、この死体を空間に投げ出そうじゃないか？」

会長はしばらく考えこむといった。

「うん、そうすべきだろうな。しかし、きわめて細心の注意が必要だ」

「なぜ？」と、ミシェルがたずねた。

「きみにもわかるだろうが、それには二つ理由がある」と、バービケーンは答えた。「一つは砲弾の中の空気に関することだ。われわれはこの空気をできるかぎり失ってはならないんだ」

「しかし、われわれは空気をつくりなおしているんじゃないか」

「部分的にはね。ミシェル、われわれは酸素しかつくっていないんだよ。しかしその場合、酸素はそれほど多くはつくられていないことに注意しなければならない。というのは、酸素が多すぎると、生理的にひじょうに重大な障害が起こるにちがいないからだ。それに、たとえ酸素をつくってはいても、われわれは窒素をつくってはいないんだ。われわれの肺は窒素を吸ってはいないが、媒介物としての役割を果たすこの窒素をすこしでも失ってはならないんだよ。そしてこの窒素は舷窓を開けば、すばやく外へ出てしまうにちがいないんだ」

「でも、サテリットの死体を投げ出すあいだぐらい！」と、ミシェルはいった。

「そうだね、でも早くやろう」

「もう一つの理由というのは？」と、ミシェルがたずねた。

「それは、極端な外部の寒気を砲弾の中に入れてはならないということだ、さもないと、われわれは生きながら凍りついてしまう」

「しかし、太陽が……」

「太陽はわれわれの砲弾を暖めてはいるが、それは砲弾が太陽の光線を吸収しているからで、太陽はわれわれが現在浮かんでいる空間を暖めてはいないんだ。空気のないところには、熱も散光もない。太陽の光が直接に及ばないところは暗くて冷たいんだ。その温度は恒星の光線による温度にほかならない。それはつまり、太陽がいつか輝くのをやめたときに、地球が経験する温度なんだ」

「それは心配しなくてもいい」と、ニコールは答えた。

「だれにそんなことがわかるというんだね」と、ミシェル・アルダンはいった。「それに、太陽の光が消えないにしても、地球が太陽から離れることになるかもしれない！」

「こりゃ、ミシェルらしい考えだね」と、バービケーンはいった。

「そうとも」と、ミシェルはつづけた。「一八六一年に地球がある彗星の尾を通ったのを知らないかね？　ところで、かりに太陽より強い引力を持つ彗星を想像してみたまえ。そのとき地球の軌道はこの迷い星のほうに曲がってその衛星になり、太陽の光が地表にはなんの影響も与えない距離に引き離されてしまうだろう」

「それは実際起こりうることだよ」と、バービケーンは答えた。「しかし、そうした位置の変化の結果は、きみが想像しているほど恐ろしいものではないんだ」

「なぜ？」

「なぜなら、地上では相変わらず寒さと暑さが均衡しているだろうからね。一八六一年の彗星に地球が引き寄せられたとして、太陽から最も離れたとき、地球は月が現在われわれに送る熱の一六倍の熱も感じないだろうということが計算されているんだ。その熱というのは、最も強度のレンズの焦点に集めたとしても、目に見えるほどの効果はなにももたらしはしないくらいなんだ」

「では、いったい！」と、ミシェルはいった。

「ちょっと待ちたまえ」と、バービケーンはいった。「またこういうことも計算されているんだ。近日点、すなわち最も太陽に近づいた場合、地球は夏の温度の二万八〇〇〇倍に等しい熱を受けることになるはずなんだ。しかし、地上の物質をガラス化し、水という水を蒸発させるに足るこの熱は、厚い雲の環をつくり、その雲の環はこの極度の熱を弱めることになるだろう。そこで、遠日点における寒さと近日点における暑さの相殺《そうさい》が起こり、たぶん耐えうる平均ができるんだ」

「しかし、遊星間の温度は、どのくらいに推定されているんだね？」と、ニコールがたずねた。

「以前は」と、バービケーンは答えた。「極度に低いものと考えられていた。寒暖計の低下を計算して、零下数百万度と算出していたんだ。それを、ミシェルの同国人でアカデミーの著名な学者フーリエが、この数字をより正しいものにしたんだ。彼によれば、宇宙の温度は六〇度以下には下がらないんだ」

「へえ！」と、ミシェルはいった。

「それは極地で測定された温度に近い」と、バービケーンは答えた。「メルヴィル島やフォート・リライアンスでは零下約五六度だよ」

「フーリエの計算が間違ってはいないということを証明しなければならない。もしわたしの思い違いでなかったら、もう一人のフランスの学者、プーイエ氏は、宇宙の温度を零下一六〇度と推定している。われわれはこのことを確かめなければならないね」と、ニコールがいった。

「いまは駄目だ」と、バービケーンは答えた。「というのは、太陽の光線が直接に温度計に当たっているから、反対に、ひじょうに高い温度しか得られないんだ。月に到着して、月の表面のおのおのが順次に過ごす半月間の夜のあいだにその実験をするひまが充分あるだろうね。なぜなら、われわれの衛星は、真空の中を動いているのだから」

「しかし、その真空というのは、どういう意味なんだい？　絶対の真空なのかい？」と、ミシェルはたずねた。

「空気もない絶対の真空だよ」

「それではそこには、空気の代わりになにもないのかい？」

「うん、エーテルがあるだけだ」と、バービケーンは答えた。

「へえ！　エーテルというのはなんだね？」

「エーテルというのは重さのない原子の集まりで、分子物理学のいうところによれば、その大きさに比較すれば、天体が宇宙で離れているのと同じくらいに、たがいに離れているんだ。しかしその距離は三〇〇万分の一ミリメートルなんだ。振動性の運動によって光と熱を生みだす原子なんだよ。一〇〇〇分の四ないし六ミリメートルの振幅で毎秒四三〇兆回振動するんだ」

「一〇億の一〇億倍！」と、ミシェル・アルダンはさけんだ。「いったい、その振動を測ったり数えたりしたのかね。そういうことはみんな、聞く耳を驚かせるだけで、精神にはなにもひびかない学者たちの数字なんだよ、バービケーン」

「しかし、計算しなければ……」

「いや、比較したほうがいい。一兆といっても、どういうことなのかわかりはしない。比較するものをもってくれば、すっかりわかるよ。たとえば天王星の体積は地球の七六倍、土星の体積は九〇〇倍、木星は一三〇〇倍、太陽は一三万倍、といわれてもぼくにはわからない。それよりもドゥブル・リエージュ式の古い比較のほうがわたしは好きだね、まったく愚かしくこういうふうに。太陽は直径二フィートのかぼちゃ、木星はオレンジ、土星は小りんご、海王星は黒さくらんぼ、天王星は大きいさくらんぼ、地球はえんどう豆、金星は小さいえんどう豆、火星はピンの頭、水星はからしの実、ジュノー、セレス、ヴェスタ、パラス等はただの砂粒っていうふうに！　少なくとも、どう考えればいいかわかるよ！」

こうして、学者たちと、彼らが眉一つ動かさずに扱う何兆という数字から、ミシェル・アルダンは逃げ出して、一同はサテリットの埋葬にとりかかった。水夫たちが死体を海に投げるのと同じように、ただサテリットを空間に投げ出すだけだった。

しかし、バービケーン会長がいうように、空気が弾性によって真空の中にすばやく流出するのをできるだけ少なくするために、いそいでおこなわねばならなかった。右側にある約三〇センチメートルの舷窓のボルトが注意ぶかく抜かれた。いっぽう、深い悲しみに沈んだミシェルは、犬を空間に投げ出そうと用意していた。砲弾の内部の壁にたいする空気の強い圧力よりもさらに力強いハンドルの操作によって、窓の蝶番はすばやくまわり、サ

テリットは外に投げ出された。空気の幾分子かが流れ出たくらいだった。作業はきわめてうまくいったので、その後、バービケーンは、砲弾をいっぱいにしている役に立たない屑物を、同じようにして片づけることを恐れなかったほどである。

6　質疑応答

十二月四日、旅行者たちが五四時間の旅行ののちに目を覚ましたとき、クロノメーターは地球上での午前四時を示していた。時間的に見れば、砲弾の中で過ごす時間の半分を四時間四〇分だけ超えたにすぎなかったが、道程《みちのり》としては、すでに約一〇分の七を走っていたのであった。これは速力が当然減少することによるのであった。

地球を観測すると、それはもう太陽の光の中に沈んだ一つの斑点のようにしか見えなかった。

もう三日月も、灰色の光もなかった。次の日には地球は新月になるはずであり、それはまさしく、月が満月になるときだった。頭上の月は決まった時刻に砲弾と出合うように、しだいに砲弾の進む直線に近づいてきていた。周囲の暗い円《まる》天井は、ゆっくり動いていくかのような星々の点々とした輝きをちりばめていた。しかし、それらの星も相当な隔たりにあるため、その大きさは、比較してみても、べつに違うようには思われなかった。太陽や星は、地球で眺めるのとまったく同じに見えていた。月は著《いちじる》しく大きくなっていたが、旅行者の望遠鏡の性能が弱いので、月の表面の有効な観測をし、その地形や地理上の様相を調べることはできなかった。

時間はいつ終わることもない会話のうちに過ぎていった。とくに月世界のことが話題にのぼった。おのおの独自の知識をひけらかしていた。バービケーンとニコールは終始《しゅうし》きまじめに、ミシェル・アルダンは常に空想的であった。砲弾のこと、その位置のこと、その方向のこと、不意に起こるかもしれない事件のこと、月に到着するときに必要な注意のこと、これらが尽きることのない臆測の種《たね》であった。ちょうど食事をしているとき、砲弾に関するミシェルの質問がバービケーンのじつに注意ぶかい答を引き出したので、その答は語る値うちがあった。

ミシェルは、まだ恐ろしいほどの最初の速度の勢いがつづいているときに、砲弾が急に止まったと仮定して、この停止によってどんな結果が起こるかを知りたがったのだ。

「しかし」と、バービケーンは答えた。「どうして砲弾が止まるなんてことがありうるのか、わたしにはわからないんだがね」

「そう仮定してだよ」と、ミシェルは答えた。

「ありっこない仮定だよ」と、実際家のバービケーンは答えた。「推進力がなくなればべつだけど。しかしその場合でも、速度はしだいになくなってゆくんで、急に止まることはないんじゃないかな」

「空間で、なにかの物体に衝突したと仮定したら？」

「なにに衝突するのかね？」

「われわれが出合ったような大きな流星に！」

「そうしたら」と、ニコールがいった。「砲弾はこなごなになってしまうだろうね。われわれも同じことだよ」

「それよりはいいんじゃないか」と、バービケーンは答えた。「われわれは焼き殺されるだろうね」

「焼き殺されるだって！」と、ミシェルはさけんだ。「うーん、そんな騒ぎがためしに起こらなかったのが残念なくらいだよ」

「きみは、ためしたかもしれないんだよ」と、バービケーンは答えた。「熱というものは運動の一つの変形にすぎないことは、現在ではわかっているんだ。水を熱する、つまり、水に熱を加えるということは、水の分子に運動を与えるという意味なのだ」

「へえ！　これは天才的な理論だ！」と、ミシェルはいった。

「そして正しい理論なんだ。なぜならこの理論は熱のあらゆる現象を説き明かすからね。熱は分子の運動、すなわち一つの物体の粒子の振動にすぎない。汽車はブレーキをかけると停止する、しかし汽車を動かしていた運動はどうなったのだろう？　それは熱に変わり、ブレーキは熱くなるんだ。なぜわれわれは車の軸に油を塗るんだ？　車軸が熱するのを避けるためなんだ。その熱は運動が変形して起こったものなんだからね。わかったかい?」

「わかったとも!」と、ミシェルは答えた。「よくわかった。たとえば、ぼくが長時間走って、ぐっしょり玉の汗をかいたとき、どうしてぼくは走りをやめざるをえないのか? じつに簡単だ。なぜなら、ぼくの運動は熱に変形したんだから!」

ミシェルのこのうまい返事に、バービケーンも微笑を抑えられなかった。そしてふたたびその理論をとりあげた。

「だから衝撃を受けた場合、この砲弾だって、鉄板に当たって燃えながら落ちる弾丸と同じだろうよ。熱は運動が変わったものなのだ。したがって、もしわれわれの砲弾が流星にぶつかったら、その速度は、とつぜんゼロにされたために、即座にこの砲弾を気化しうるくらいの熱をひき起こすだろう」

「それなら」と、ニコールはたずねた。「もし地球がきゅうに公転するのをやめたら、どんなことが起こるかね?」

「それによってひき起こされる熱の温度は」と、バービケーンは答えた。「地球がたちまちに蒸発してしまうくらいまで上がるだろうね」

「それは結構!」と、ミシェルはいった。「この地球に始末をつける手の一つだね。物事が簡単でいいよ」

「それなら、もし地球が太陽の上に落ちたとしたら」と、ニコールがいった。

「計算によれば」と、バービケーンは答えた。「この墜落のときに発する熱は、地球と等しい体積の木炭一六〇〇個の起こす熱に等しい」

「よろしい。太陽にしてみれば、温度がふえるわけだ」と、ミシェル・アルダンは答えた。

「だからといって、たぶん天王星や海王星の人たちが文句をいいもしまいからね。なぜって彼らは、寒さのために死んでいるにちがいないから」

「このように」と、バービケーンはつづけた。「不意に停止された運動は、すべて熱を生じるんだ。そしてこの理論によれば、太陽の表面の熱は、絶えずその面に降りそそぐ流星の雨によってひき起こされていることになる。そして計算によれば……」

「そら気をつけろ」とミシェルはつぶやいた。「また数字が出てくるぞ」

「計算によれば」平然としてバービケーンはつづけた。「その一つの流星が太陽の表面に当たって生じる熱は、その火の球の体積の四〇〇〇倍の量の石炭から生じる熱に等しいんだ」

「それで太陽の熱はどのくらいなんだね？」と、ミシェルはたずねた。

「それは、二七キロメートルの厚みで太陽をとり巻く木炭の層があったとして、それが燃焼して生じる熱に等しいんだよ」

「それでその熱は？……」

「一時間に二九億立方メートルの水を沸騰させることができるだろうね」

ミシェルは思わずさけんだ。

「それで、その熱はわれわれを炙《あぶ》り殺しはしないんだね？」

「そんなことはないさ」と、バービケーンは答えた。「なぜなら、大気が太陽の熱の一〇分の四を吸収してしまうからだ。それに、地球の受ける熱の量は熱の全輻射《ふくしゃ》の二〇億分の一にすぎないから」

「よくわかった、すべてうまくいっているんだね」と、ミシェルは答えた。「この大気とは、便利なものを発明したんだね。なぜって、われわれはそれを呼吸しているだけでなく、そのおかげで炙り殺されずにすむんだから」

「うん」と、ニコールはいった。「しかし困ったことには、月では同じわけにはいかないんだ」

「なあに！」と、相変わらず自信ありげにミシェルはいった。「住んでいる者がいるとすれば、そいつらは呼吸しているんだし、もしだれ一人住んでいないとしても、酸素は谷底に沈んでいるかもしれないから、われわれ三人ぶんぐらいは充分にあるよ！　そうしたら、われわれは山へ登らないだけさ」

そしてミシェルは立ちあがると、まるい月を眺めにいった。月は、じっと見ていられないほどの明るさで輝いていた。

「いやはや！　あそこはさだめし暑いことだろうな！」

「おまけに、日中が三六〇時間つづくんだぜ！」と、ニコールは答えた。

「その代わり」と、バービケーンはいった。「夜がそれと同じ長さだけつづくんだよ。そして、熱が輻射によっておぎなわれているから、温度は遊星の空間の温度にしかならないにちがいないよ」

「すばらしい国だな！」と、ミシェルはいった。「かまわないから、早く行きたいもんだね！　ねえ、地球が月になって地平線から昇るのを眺めるっていうのは、ずいぶんおもしろそうじゃないか！　そして、そこにいろいろな大陸の地形を見分けて語りあうんだ、あそこがアメリカだ、あそこがヨーロッパだってね。それから、地球が太陽の光の中に姿を消すのを見守るんだ！　それはそうと、バービケーン、月世界の人間にも蝕《しょく》は見られるのかい？」

「うん、日蝕がある」と、バービケーンは答えた。「地球を中にして、三つの天体の中心が一直線上に来た場合にね。しかしそれは金環蝕《きんかん》なんだ。太陽の前面についたてのように地球が置かれるわけで、太陽の大部分が見られるのだ」

「なぜ皆既《かいき》日蝕はないんだね？」と、ニコールがたずねた。「地球のつくる本影は月より遠くまでとどかないのかい？」

「それはそうだ、しかしそれは、地球上の空気による屈折を考えない場合で、この屈折を考えに入れれば、そうはならないんだよ、デルタ・ダッシュを水平視差、pダッシュを表面の半径とすると……」

「ちぇっ！」とミシェルはいった。「vゼロ自乗の二分の一は……とくるね。好きなだけやってくれたまえ、代数のかたまりめ！」

「それなら、わかりやすいいい方をすると」と、バービケーンは答えた。「月と地球とのあいだの平均距離は地球の半径の六〇倍で、本影の長さは屈折の結果、半径の四二倍以下なんだ。そこで日蝕の場合、月は純粋の本影の外になり、太陽の光はその周辺の光だけでなく中心の光までも月にさすことになる」

「それならば」と、ミシェルがひやかすような調子でいった。「どうして日蝕になるんだい。そんなもの、ないはずじゃないか？」

「ただ、太陽の光が屈折によって弱められるからだよ。大気は、光がそこを通るとき、その大多数を消滅させてしまうからだよ」

「そう説明されると、理屈は充分わかるよ」と、ミシェルは答えた。「それに、月に行けば見られるだろうからね」

「ときにバービケーン、月は前は彗星《すいせい》だったと思うかね？」

「それも一つの考え方なんだ」

「うん」と、愛すべき得意げな様子で、ミシェルが答えた。「ぼくもそういうことをちょっと考えているんだ」

「しかし、その考えっていうのは、どうも、ミシェルの考えじゃないな」と、ニコールが答えた。

「いいとも、そこでぼくは剽窃漢《ひょうせつかん》にすぎないってわけかい！」

「たぶんね」と、ニコールは答えた。「古代人たちの証言によれば、アルカディアの人々は、その祖先は月が地球の衛星になる前に地球に住んでいた、と主張している。この事実に従って、ある学者たちは、その軌道があまり地球に近すぎて、地球の引力に捕えられてしまった彗星が月なのだと考えている」

「その仮説は正しいのかい？」と、ミシェルはたずねた。

「ぜんぜん正しくないんだ」と、バービケーンは答えた。「その証拠には、彗星につきもののガス状の包被《ほうひ》の痕《あと》が月にはないからね」

「しかし」と、ニコールはいった。「地球の衛星になる前に、月が近日点にあるとき、あまり太陽に近づいて、そういうガス状の物質がすべて蒸発してしまうということはありえないのかい？」

「それはありうるよ、ニコール。しかし、たぶんそういうことはないだろう」

「どうして？」

「なぜなら……じつをいうと、わたしはそのことはなにも知らないんだ」

「ああ、あ！」と、ミシェルはさけんだ。「われわれの知らないことを本にしたら、何百冊の本ができることだろう！」

「うん。ときに、何時だい」と、バービケーンはたずねた。

「われわれ学者連が話しているあいだに、なんて時間が早く過ぎるんだろう！」と、ミシェルはいった。「たしかにぼくは、ずいぶん勉強したような気がする、物知りになったようだよ！」

そういうとミシェルは、彼が平常いっているように〝月をさらによく観察するために〟砲弾の上部にのぼっていった。そのあいだに二人の友人は、下部の窓から空間を眺めていた。特記すべきことはなにもなかった。

ミシェル・アルダンが下りてきて、側面の舷窓に近づいた。とつぜん彼はびっくりしてさけんだ。

「どうしたんだい？」と、バービケーンはたずねた。

会長は窓に近寄った、そして、砲弾から数メートル離れて浮かんでいる、つぶれた袋のようなものを見た。その物体も砲弾と同じように、すこしも動かないようだった。つまり、それは砲弾と同じ上昇運動をしているわけだった。

「いったい、あれはなんだろう？」と、ミシェル・アルダンは繰り返していた。「われわれの砲弾の引力半径の中にはいった、空間の微粒子なのかな？　われわれが月に到着するまでついてくるのだろうか？」

「わたしが不思議に思うのは」と、ニコールがいった。「あの物体の固有の重さは、この砲弾の重さよりあきらかに少ないのに、あんなにも正確にその高度を維持しているということなんだ！」

「ニコール」と、バービケーンはちょっと考えこんでから答えた。「あれがなんだかはわからないけれど、なぜあれがこの砲弾と平行を保って上昇していられるのかは、わたしによくわかるよ」

「なぜだね？」

「なぜなら、われわれは真空の中に浮かんでいるのだからね。大尉、真空中では、物体が落下し、あるいは同じことだが、動くのはその重さや形状に関係なく同じ速度でなのだ。重さの差ができるのは空気の抵抗によるんだ。管の中を真空にすると、そこに投げ入れられたものは埃《ほこり》の粒でも鉛《なまり》の粒でも同じ速度で落ちるんだ。この空間でも、同じ原因によって同じ結果が起きているんだよ」

「そのとおりだ！」と、ニコールはいった。「われわれが外に投げ出したものは、みんな月までついてくるわけだ」

「ああ、なんてわれわれはばかなんだろう！」と、ミシェルはさけんだ。

「なぜそう決めるんだね？」と、バービケーンがたずねた。

「なぜって、われわれは役に立つもの、本や器械や道具を砲弾いっぱいに詰めこんで、それを全部投げ出せばよかったんだよ。そうすればその全部がわれわれについてきたろうに。それに、そうだ。どうしてわれわれはあの流星のように外を散歩して歩こうとしないんだね。どうして舷窓から飛び出さないんだ。エーテルの中に浮かんでいるというのはどんなに楽しいだろう。からだを支えるために、いつも羽ばたきをしていなければならない鳥よりも、ずっと快適なわけだ！」

「同感」と、バービケーン。「しかし、どうして呼吸するんだね？」

「おあいにくさま、空気がないってわけか！」

「しかし、もし空気があったとしても、きみはこの砲弾より密度が低いから、たちまちのうちにおくれてしまうよ」

「するとこれは循環論法なのかい？」

「これ以上の循環論法はないね」

「それじゃこの中に閉じこもっていなければならないんだね？」

「そうだ」

「あっ」と、すごい声でミシェルがさけんだ。

「どうした？」と、バービケーンがたずねた。

「わかった、そのいわゆる流星がなんだかわかったよ。これは小遊星でも、爆発した遊星のかけらでもないんだ」

「それじゃ、なんだい？」と、バービケーンがたずねた。

「あのかわいそうな犬なんだよ、ディアーヌの夫さ！」

じじつ、見ちがえるほどに形も変わり、何物でもなくなったその物体は、サテリットの死体だった。空気を抜いた風笛のようにしぼんだその死体は、相変わらず上昇をつづけていた！

7 陶酔の瞬間

このようにして、不思議ではあるが論理的であり、奇妙ではあるが説明のつく現象が、こうした特異な状態の中で起こっていた。砲弾の外に投げ出されたものは、すべて砲弾と等しい弾道を推進し、砲弾が止まらなければ、やはり止まらない。そこには、一夜を明かしてもなお語りつくせないほどの話題があった。それに、この旅行の終わりが近づくにつれて、三人の旅行者の感情は昂《たか》まりつつあった。彼らは予想外のこと、新しい現象が突発することを期待していた。そのときの彼らのような精神状態であったなら、どんなことが起こっても驚きはしなかったであろう。過去に煽《あお》りたてられた彼らの想像力は砲弾よりも一歩先に進んでいた。ところで砲弾の速度は、彼らは気づかなかったが、そのとき著《いちじる》しく減少していたのである。しかし月は、彼らの目にはいよいよ大きくなってゆき、腕を伸ばせば捉えることもできるほどに、彼らは思いこんでいたのであった。

翌日、十二月五日午前五時には、すでに三人は起きあがっていた。もし計算に誤りがなければ、その日は彼らの旅行の、最後の日であるはずだった。その夜の真夜中、一八時間後に、まさに満月のその瞬間に、彼らは光り輝く月の表面に到着することになっていた。やがてくるはずのその真夜中に、古代現代を通じて最も異常なこの旅行が終わりを告げようとしていた。それゆえ朝から彼らは、月光で銀色になった舷窓《げんそう》越しに、月に向かって、信頼のこもった朗《ほが》らかな歓呼《かんこ》のさけびをさかんに送って挨拶していた。

月はおごそかに、星をちりばめた天空を動いていた。あと何度か前進すれば、月は砲弾と出合うはずの、空間の正確な点に到達するのだった。彼自身の観測に従ってバービケーンが計算したところによると、砲弾は山が少なくて、広大な平原のひろがる北半球に着陸するはずだった。みんなが考えていたように、月の空気が低いところにだけ溜《た》まっているのだったら、これは有利な状況だった。

「もちろん」と、ミシェル・アルダンは指摘した。「上陸の場所としたら、山地よりも平野のほうがいいよ。月世界の人が、ヨーロッパならモンブランの頂上、アジアならヒマラヤといった山頂に降ろされたとしたら、正確に到着したとはいえないからね」

「それに」と、ニコール大尉がつけ加えた。「平地だったら、砲弾は到着してすぐ静止するだろうからね。反対に斜面だったら、砲弾は雪崩《なだれ》のように転がるだろうから、われわれはリスではないんで、無事に砲弾から出られないだろうよ。だから、すべてが、じつにうまくいっているんだ」

じじつ、この不敵な試みが成功することは、もう疑問の余地がないように思われた。しかし一つの考えがバービケーンを捉えていたのである。が、二人の友を心配させるのを好まなかったので、バービケーンはこの問題に関して沈黙を守っていた。

じつをいえば、砲弾の方向が月の北半球に向かっているということは、弾道がかすかに変わったことを証明していた。砲弾は月の中心に着くように、数学的に計算して発射されていたはずだった。もし中心に着かないとしたら、方向急転があったからである。これをひき起こしたものはなんであろうか？　バービケーンはそれを想像することもできなかったし、この方向急転の重大さの程度を正確に認めることもできなかった。なぜなら、手がかりがなかったからである。しかしこの方向急転が、着陸にいっそう好都合な、月の上部の端のほうに砲弾を推進させるということ以外の結果をもたらさないことを彼は希望していた。

そこでバービケーンは、その不安を友人たちには告げようとせず、砲弾の方向が変わったかどうかを見ようとして、何度も何度も月を観測することだけで満足していた。なぜなら砲弾が目標を失い、月のかなたへ引き寄せられ、遊星のあいだの宇宙に推進してしまったら、事情は恐ろしいことになったであろうからだ。

そのころには月は円盤とは見えず、すでにその突起した曲線が感じられていた。太陽の光が斜めにさしていたら、影が生じ、高い山々はくっきり浮き出て美しく見えたことだろう。また、ぽっかり口を開いたクレーターの底を見ることも、広大な平原に思い思いの縞目を描いて走る谷間をたどることもできたであろう。しかし、まだ起伏はすべて、強烈な輝きのもとに、平面であった人間の顔のような様子を見せているいくつかの大きな斑点がかろうじて見分けられるだけだった。

「顔だね、まるで」と、ミシェル・アルダンはつぶやいていた。「しかしアポロンの美しい姉妹にあばたとはお気の毒なことだ！」

しかし、目的地にこんなにも近づいた三人の旅行者たちは、この新世界を観察することをもうやめようとはしなかった。想像力は三人を駆って、この未知の国々を縦横に引きまわした。彼らは高い山頂によじ登り、大きな円谷の底に下っていくのだった。稀薄な空気の下に、ほとんど水があるかないかの広い海、山々の捧げものを彼らにもたらしてくれる流れ、そういうものを、彼らはそこここに見ているように思っていた。彼らは深い谷の上にからだをかがめ、真空の孤独の中に永遠の沈黙を守る、この天体の物音を聞きつけようと願うのだった。

この最後の日は、胸の躍るような思い出を彼らに与えた。彼らは、そのごく細かいことまで記録していた。最後が近づくに従って、彼らは一つのぼんやりした不安に捉われていた。もし彼らの進む速度がどんなにとるに足らぬものであるかを知っていたとしたら、この不安は倍加したであろう。その速度によって目的地にまで行くのにはとても不十分だと、彼らは思ったであろう。それは、砲弾がそのときはもうほとんど「重さがなかった」からなのである。砲弾の重さはたえず減じていた、そして、月と地球の引力がたがいに弱めあい、この驚くべき結果をひき起こしているその線上で、すっかりなくなるはずだった。

しかしいろいろな心配事があるにもかかわらず、ミシェル・アルダンは、朝食を用意することを、いつもの几帳面《きちようめん》さで忘れはしなかった。ガスの熱で液体に戻されたこのブイヨンほどすてきなものはあるまい。これらの缶詰の肉よりも上等なものはあるまい。何杯かのフランスの上等のぶどう酒がこの食卓を飾った。それに関連してミシェル・アルダンは、この強い太陽に暖められている月のぶどう畑は——もしあればの話だが——最もこくのあるぶどう酒を滴《したた》らすにちがいないといった。しかしいずれにしてもこの目先のきくフランス人は、メドック地方とコート・ドールの貴重なぶどうの株を何本か荷物の中に入れるのを忘れないように気をつけていたのであり、その株を彼はとくにあてにしていたのである。

レイゼとレニョーの機械は、相変わらずきわめて正確に動いていた。空気は、完全に澄んだ状態を維持しつづけていた。炭酸の分子は、苛性《かせい》カリにあってはひとたまりもなかった。そして酸素については、ニコール大尉は「たしかに第一級である」というのだった。この砲弾の内部に閉じこめられた少量の水蒸気は、内部の空気にまざり、その乾燥度を抑えていた。パリやロンドンやニューヨークのたくさんのアパートメント、また多くの劇場は、たしかにここと同じように衛生的な状態にはないのだった。

しかし、規則的に動くためには、この機械が完全な状態に保たれねばならなかった。そこで、ミシェルは毎朝、排出調整機を見にいき、栓《せん》を試し、高温計とにらみあわせてガスの熱を調節するのだった。そのときまであらゆることがうまく進んでいた。旅行者たちは、堂々としたJ・T・マストンのように肥《ふと》りはじめた。万一彼らがこの内に閉じこもって過ごす期間が数か月にも延びたなら、彼らはそれと見分けがつかなくなるかもしれないほどだった。一言でいえば、彼らは籠《かご》の中の雛《ひな》と同じことになった。彼らは肥りはじめていたのである。

舷窓から外を見ていたバービケーンは、執拗についてくる犬や、その他の砲弾から投げ出されたいろいろなものを見た。ディアーヌはサテリットの死体を見て、悲しげに長く尾を引いて吠えた。これらの残骸は、固い地面の上に置かれてでもいるように、じっと動かないように思われた。

「ねえ、きみたち」と、ミシェル・アルダンはいった。「もしわれわれのうちの一人が出発のときの衝撃で死んでしまっていたら、ずいぶん埋葬するのに困ったろうね。そうじゃない、この〝エーテル葬〟にだ。なぜなら、ここではエーテルが大地の代わりをしているんだからね！　宇宙を、あたかも悔恨《かいこん》のようにわれわれについてくる、あの非難するような死骸になったと思ってみたまえ！」

「悲しいことだろうな！」と、ニコールがいった。

「ああ」と、ミシェルは言葉をつづけた。「残念に思うのは、外を散歩できないことなんだ。この光り輝くエーテルの中に浮かび、太陽のこの清らかな光線の中に浸って歩きまわったら、どんなに快《こころよ》いことだろうに！　もしバービケーンが潜水服と空気ポンプを用意することさえ思いついていてくれたら、ぼくは危険を冒して外に出たろうに。そして砲弾の先端に行って、キマイラやヒポグリフの姿勢をしただろうに」

「ミシェル」と、バービケーンは答えた。「長いあいだヒポグリフの姿勢をしてもいられないんだよ。なぜなら、潜水服を着ていたって、からだの中の空気が膨張してきて、きみは砲弾のように、むしろ空高く上がりすぎた風船のように破裂してしまうだろうからね。だから、残念がらずに、こういうことを覚えていてくれたまえ。われわれが真空に浮かんでいるあいだは、感情的になって砲弾の外に散歩に出たいと考えたりすることなど、きっぱりあきらめねばならない！」

　ミシェル・アルダンは、ある程度納得したようだった。このことがむずかしいということは認めた。しかし、口には出さなかったが、「不可能」ではないと考えていた。

　話は一つの話題から別の話題に移り、すこしも倦《う》むことがなかった。春になり最初の暖かさが訪れるとすぐに木の葉が芽《め》ぐむように、こういう条件のもとでは頭の中にいろいろな考えが湧き出るように、三人には思われた。

　この午前中にとり交わされた問答の中で、ニコールが、すぐには解決の得られないある質問を提出したのである。

「そうだ！」と、彼はいった。「月に行くのは結構だよ、しかしわれわれはどういうふうにして戻ってくるんだね？」

二人の話し相手は、驚いた様子で顔を見合わせた。まるで、場合によっては起こりうるこの問題をはじめて聞いたようだった。

「なにをいっているんだね、ニコール」と、重々しくバービケーンがたずねた。

「まだ到着してもいないのに、帰りたいっていうのはおかしいね」と、ミシェルはいった。

「なにもおじけづいてこんなことをいうんじゃないよ」と、ニコールは答えた。「しかし、ふたたび繰り返してたずねるんだが、われわれは、どういうふうにして戻るんだね？」

「そんなことは、ぜんぜんわたしは知らないね」と、バービケーンは答えた。

「ぼくもそうだ」と、ミシェルはいった。「どうして戻るのかわかっていたら、ぼくは行かなかったろうね」

「なかなかごりっぱだ」と、ニコールはさけんだ。

「わたしも、ミシェルに賛成するね。そしてこうつけ加えたい、この質問は現在においてはべつに興味を起こさせないと。ずっとあとになって、帰ったほうがいいと判断したときによく考えてみよう。月にコロンビヤード砲がなかったら、われわれはずっと月にいるまでさ」

「そいつはいいや！　鉄砲なしの弾丸か！」

「鉄砲なら」と、バービケーンは答えた。「つくれるよ。火薬もつくれる。金属だって、硝石《しょうせき》だって、石炭だって、月の胎内にないはずはない。それに、帰るには月の引力に勝ちさえすればいいんだし、八〇〇〇リュー（三万一四一八キロメートルに当たる）行けば、重力の法則のおかげで地球に落ちていける」

「たくさんだよ」と、ミシェルが元気づいていった。「もう帰ることは問題じゃない！　もうそのことは、しゃべりすぎたほどだ。地球上のわれわれの昔の同僚と連絡することだが、これはむずかしいことではない」

「どうするんだい？」

「月の火山から投げ出される隕石《いんせき》を使う」

「いいことを考えついたね、ミシェル」と、さも自信ありげにバービケーンは答えた。「われわれの大砲の五倍の力があれば、月から地球まで隕石を送りこむことができると、ラプラスは計算したんだ。ところで、それくらいの推進力をもたない火山なんてないものね」

「そいつはいい！」と、ミシェルがさけんだ。「隕石とは便利な郵便配達だ、かねはかからないしね。ところで郵便行政を、われわれはずいぶん嘲笑したもんだが！　しかしぼくは考えるんだが……」

「どんなことなんだい？」

「すばらしい考えなんだ！　なぜわれわれは、この砲弾に電線を一本ひっかけておかなかったんだろう？　そうしておけば地球と電報のやりとりができただろうに！」

「とんでもない」と、ニコールがいい返した。八方六〇〇〇リュー（三三万七七四八キロメートルに当たる）の長さの針金の重さなんかなんでもないと、きみは思ってるのかい？」

「なんでもないじゃないか！　コロンビヤード砲の火薬を三倍にすればいいんだよ。四倍にでも、五倍にでも！」と、ミシェルはさけんだ。彼の言葉はしだいに激しい抑揚を帯びてきた。

「きみの計画を実行するには障害が一つあるんだ」と、バービケーンは答えた。「それはね、地球の自転運動のあいだに、轆轤《ろくろ》にチェーンが巻きつくように、その電線が地球に巻きついて。われわれはやむなく地球にまで引き寄せられてしまうのではないかということなんだ」

「合衆国の三九の星に引き寄せられてね！」と、ミシェルは言った。「それなら、ぼくの考えることは、みんな現在では実行できない！　J・T・マストンの考えそうなことなんだ！　ところで、思うに、もしわれわれが地球に戻らなかったら、J・T・マストンは、われわれを探しに来かねないよ！」

「うん！　来るだろうね」と、バービケーンは答えた。「あれは勇気のあるりっぱな男だ。それに、こんな簡単なことはあるまい。コロンビヤード砲は相変わらずフロリダの地面に掘られているんじゃないか？　綿《めん》火薬をつくる木《も》綿《めん》と硝酸がないということもあるまい？　月がふたたびフロリダの天頂を通過しないであろうか？　一八年後には、月は現在と正確に同じ位置にならないであろうか？」

「そうだ」と、ミシェルは繰り返した。「そうとも、マストンはやってくる。そのうえ、彼といっしょにエルフィストンもブラムズベリイも、大砲クラブの全員が来ることだろう。そして彼らは大歓迎を受けるだろうな！　そのあとは、地球と月のあいだに、砲弾の行列ができるだろう！　J・T・マストン万歳だ！」

おそらく、わが尊敬すべきJ・T・マストンは、彼の名誉のためにさけばれた万歳を聞かなかったとしても、少なくとも耳鳴りぐらいはしただろう。そのとき彼はなにをしていたろう！　おそらく、ロッキー山脈中のロングズ＝ピークの観測所で、目に見えぬ砲弾が空間を昇っていくのを見つけようとしていたのだろう。たとえ彼が親しい友人たちのことを思っていたとしても、三人の借金が残っていたわけでないことは認めねばならない。それどころか、奇妙な興奮状態で、三人は彼に最良の感慨を捧げていたのだということも認めねばならない。

しかし、砲弾の乗客のうちに目に見えて高まってゆく、この活気はどこからくるのだろうか？　彼らの性情が慎みぶかいものであることは疑いを入れないことだった。頭脳のこの奇妙な興奮を、彼らの異常な環境に帰すべきであろうか？　すなわち、あと数時間にしかすぎない月との接近、神経系統に作用する月のある目に見えない影響などに帰すべきだったろうか？　彼らの顔は、かまどの照り返しを受けてでもいるように赤らんでいた。呼吸は速くなり、肺は鍛冶場《かじば》のポンプのように動いていた。目は異常な光を帯びて輝き、声は恐ろしい調子で破裂するように響き、言葉はシャンパンを抜くときのコルク栓《せん》のように飛び出し、動作は、はなはだ憂慮すべきものとなっていた。彼らの様子を詳しく述べるには、まだたくさんのスペースが必要だったろう。とくに注目すべき点は、精神のこの過度の緊張に、彼らがすこしも気づいていないことであった。

「では」と、ニコールがぶっきらぼうにいった。「月から帰れるかどうかわからないなら月でなにをしようというのか知りたいもんだね」

「月ですることだって！」と、武器庫の中にでもいるように、バービケーンは足を踏み鳴らして答えた。「ぼくはなにも知らんよ！」

「きみはなにも知らないって！」と、ミシェルは大声でさけんだ。その声は砲弾の中に高く反響した。

「知らないね、夢にも知らないよ！」と、バービケーンも激しい調子でいい返した。

「ところで、こっちは知っているんだ、わがはいはね」と、ミシェルは答えた。

「いってみたまえ、それなら」と、ニコールはさけんだ。彼は声が怒ったようになってくるのをもう抑えられなくなっていた。

「気が向いたらいうよ！」と、激しく友人の腕をつかんでミシェルはさけんだ。

「きみは気が向かねばならないんだ」と、燃える目をし、おどすような手つきをしてバービケーンはいった。「この恐ろしい旅行にわれわれを引きずりこんだのはきみなんだから。われわれはなんのためにこの旅行をするのか知りたいんだ！」

「そうとも！」と、大尉もいった。「どこに行くのかわからないいまとなっては、せめてなぜそこへ行くのだか、知りたいんだ！」

「なぜだって？」一メートルも飛びあがらんばかりにびっくりして、ミシェルはさけんだ。

「なぜだって？　アメリカ合衆国の名において月を手に入れるためにさ！　合衆国に四〇番目の州をつけ加えるためにさ！　月世界を植民地として、開墾《かいこん》し、移民し、芸術、科学、産業のあらゆる粋《すい》をそこへもっていくためにさ！　月世界の人々がわれわれよりも文明が進んでいなかったなら、それらの人々を教化し、もし共和制というものがなかったら、それを打ち建てるためにさ！」

「月世界に人がいたらばね！」と、ニコールはいい返した。彼はこの説明のつかない酔いに捕えられて、ひどくいらいらしていた。

「だれがいないといった？」と、おどかすような口調でミシェルはいった。

「おれだ！」ニコールは吠えた。

「大尉」と、ミシェルはいった。「傲慢な言葉もいいかげんにしたまえ。さもないと、その言葉を咽喉《のど》の中へ押しこんでやるぞ！」

二人はたがいに躍りかかろうとしていた。この支離滅裂な議論がまさに殴りあいになろうとしていたとき、バービケーンは恐ろしい勢いで飛びあがって二人のあいだにはいった。

「やめたまえ、ろくでなしめ！」と、彼はいって二人を引き離した。「月世界に人がいなければ、いなくたっていいさ！」

「そうとも！」と、どうでもよくなってきたミシェルは絶叫した。「いなくたっていいさ。われわれが月世界の人になるだけのことだ！　月世界の人なぞ糞喰らえだ！」

「月の主権はわれわれのものだ！」と、ニコールはいった。

「われわれ三人のものだ、共和国をつくろう！」

「ぼくは国会を牛耳《ぎゅうじ》る」と、ミシェルがさけんだ。

「こっちは元老院」と、ニコールがいい返した。

「バービケーンは大統領」と、ミシェルがどなった。

「国民によって任命される大統領ではないんだ！」と、バービケーンがいった。

「よし！　国会によって任命された大統領だ」と、ミシェルはさけんだ。「ぼくは国会なんだから、満場一致できみを任命する！」

「バービケーン大統領万歳！　万歳！」ニコールはさけんだ。

「わっ！　はっ！　はっ！」ミシェル・アルダンはどなった。

Emile Bayard

それから、大統領と元老院は、恐ろしい声でポピュラーなヤンキーの歌を歌いはじめ、国会は「ラ・マルセイエーズ」の勇壮な曲を響かせた。

そして、意味のない身振りをしたり、狂人のように足を踏み鳴らしたり、骨のないピエロのようにとんぼ返りを打ったりして、もつれあって輪舞がはじまった。ディアーヌもこの踊りに加わり、吠え立てては砲弾の天井にまで跳ねあがるのだった。不可解な羽ばたきが聞こえ、奇妙によく響く雄鶏《おんどり》の鳴き声が聞こえた。雄鶏が五、六羽、気の狂ったようなこうもりのように、壁にぶつかりながら飛んだ……。

そして、呼吸器官を侵《おか》す空気のために肺臓は焼かれ、麻痺し、わけのわからない力によって調子が狂った三人の旅行者は、砲弾の底に倒れてしまった。

8　七万八一一四リューにおいて

なにが起こっていたのだろう？　不幸な結果になりかねない、この奇妙な陶酔の原因はどこにあったのだろう？　まことに幸運なことにちょうどいいときに、ニコールはミシェルのちょっとした軽率を直すことができたのだった。

数分間つづいた人事不省ののち、大尉が最初に蘇生し、意識をとり戻した。

二時間前に食事をしたのに、まるで何日間ものを食べなかったように、彼は引きつるような激しい空腹を感じた。胃も脳も、体内のすべてが極度に興奮していた。

彼は起きあがると、ミシェルに臨時の間食を要求した。ミシェルはぐったりとして返事をしなかった。そこでニコールは、サンドイッチを食べるためにお茶を用意しようとした。

まず彼は、火をつけようとして、強くマッチを擦《す》った。ほとんど見てはいられないほどに、異常に輝く硫黄《いおう》を見たときの驚きは、どんなであったろう。彼が火をつけたガスの口から、電気の光にも比較されるような焔《ほのお》が噴き出したからだ。

ニコールの頭の中に一つの啓示がひらめいた。この光の強烈さ、突然の生理的障害、精神と感情の全器官の過度の興奮、彼はすべてを理解した。

「酸素だ！」と、彼はさけんだ。

空気の装置の上にかがみこんだ彼は、生命に欠くことのできないものではあるが、その純粋状態では器官に最も重大な混乱をひき起こす、無色、無味、無臭のガスが、そのコックからどんどん流れ出ていることを知ったのである。ミシェルがうっかりして、その装置のコックをいっぱいに開けていたのだった。

ニコールは急いで酸素の排出を止めようとした。空気が酸素によって飽和状態になったなら、窒息ではなく燃焼によって、旅行者たちの死を招いたであろう。

一時間後、酸素は少なくなり、彼らの肺臓は正常な動きをとり戻していた。三人はしだいに酔いから醒《さ》めていった。しかし、酔ったものがぶどう酒を発散させるように、彼らは酸素を発散しなければならなかった。

この事件の責任を問われたとき、ミシェルは、とくに当惑した様子も示さなかった。この思いがけない酔いは、旅行の単調さを中断してくれたのだった。その作用のために、ばからしいことがずいぶんいわれもしたが、いわれたのと同じくらいに早く、それらは忘れられてしまった。

「それに」と、快活なフランス人はつけ加えた。「この頭にくるガスをすこし味わったということは後悔しちゃいないさ。きみたちは、酸素の小部屋のある珍しい建物をつくるべきだと思わないかね！　そこでは、器官の弱った人たちが、数時間のあいだ活気のある生活をすることができるんだ。その場の空気がこのいさましい気体で飽和している集合を想像してみたまえ。それから、劇場でその気体の度合を高くしてみたら、俳優や観客の心にどれほど熱情や興奮を湧かすことができるだろう！　そして、もし一集会でなく、一国民全体をこれによって飽和させることができたとしたら、その機能はどんなに活発になり、国家はどんなに余分の生気を得ることができることだろう！　おそらく憔悴《しょうすい》した国を強大な国にすることもできるだろう。国家の健康のために、もう一度酸素療法を受けるべき国家が、われわれの年老いたヨーロッパにたくさんあるんだ！」

ミシェルはこう語った。またコックが開きすぎたのかと思わせるほど活気づいていた。

しかし、バービケーンは一言で、彼の興奮を抑えてしまった。

「じつに結構なことだよ、ミシェル。しかし、われわれの合唱にまざっていた、あの雌鶏《めんどり》どもは、どこから来たのだか教えてもらえるだろうね？」

「雌鶏だって？」

「そうとも」

ほんとうに、半ダースほどの雌鶏と、尊大な雄鶏《おんどり》が一羽、あちこち歩きまわり、飛びあがったり、こっこっと鳴いたりしていた。

「ああ、へまなやつらだ！」と、ミシェルはさけんだ。「こいつらに革命を起こさせたのも酸素なんだ」

「しかし、この雌鶏をどうする気なんだい？」と、バービケーンはたずねた。

「月の世界で飼うのさ、もちろん」

「それなら、どうしてかくしておいたんだい」

「茶番なんだ、会長。ちょっとした茶番なんだ。情けないことに失敗しちまったけれど。きみたちになにもいわないでおいて、月で放とうと思っていたんだよ。ああ、月の野原で地球の鳥が餌をあさっているのを見たら、きみたちはどんなにびっくりしただろうか！」

「いたずらっ子め、いつまでたってもいたずらっ子なんだ！」と、バービケーンは答えた。

「きみは興奮するのに酸素なんかいりはしないよ。きみはいつだって、われわれがあのガスのせいでなっていたときと同じなんだ。きみはいつでも気ちがいじみてるよ」

「ところでさっきは、われわれ全部がおりこうさんじゃなかったね！」と、ミシェル・アルダンは答えた。

この哲学的反省ののち、三人は砲弾内の乱雑を片づけた。雄鶏や雌鶏はもとの籠《かご》へ戻された。しかし、この仕事をはじめたとき、バービケーンとその二人の友人は、ある新しい現象を、ひじょうにはっきり感じた。

地球を離れた瞬間以後、彼らの重量も砲弾やその内部のものの重量もしだいに減少していた。砲弾についてはこの消失は認められないとしても、彼ら自身と使っている器具等については、その効果が感知される瞬間がくるはずであった。秤《はかり》でこの重量の消失を知ることができないのはいうまでもないことである。なぜなら、ものの重さを測る分銅《ふんどう》の重さもちょうど同じようになくなるからだった。しかし、たとえばバネ秤などは、その張力は引力と無関係であるから、この重量の消失を正確に評価するにちがいなかった。

だれでも知っているように、引力、いいかえれば重力は、質量に比例し、距離の自乗に反比例する。そこで次のような結論が出る、もし空間に地球しかないとしたら、あるいは他の天体が、きゅうになくなったとしたら、砲弾は、ニュートンの法則により、地球から離れるほど重さがなくなる。しかし、完全に重さをなくすということは、けっしてない。なぜなら、どんなに離れても、地球の引力は常に感じられるであろうから。

しかし現在の場合、他の天体の及ぼす効果を無と考え、それらの天体を考慮に入れなければ、砲弾がすこしも重力の法則に従わなくなる一瞬間がかならずくるはずであった。

じじつ、砲弾の軌道は、地球と月のあいだに描かれていたのであった。砲弾が地球から離れるに従って、地球の引力は距離の自乗に反比例して減少し、月の引力は同じ比率で増加していったのである。そこで、この二つの引力がたがいに弱めあって、砲弾の重さがなくなる一点にロケット弾が来ることができるはずだった。もし月と地球の質量が等しかったならば、この点は二つの天体から等距離のところに一致したであろう。しかし、両方の質量の相違を考慮すれば、この点が旅程の五二分の四七、つまり数字にすれば地球から七万八一一四リュー（三〇万六七七七キロメートルに当たる）のところにあるということを算出するのは楽なことだった。

この点にあれば、物体は二つの天体から等しく引かれていて、そのどちらかに引かれるように、とくに働きかけるものはなにもないので、速度とか移動の原理を少しももたず、永遠にそこに止まっているだろう。

ところで、砲弾であるが、推進力が正確に計算されていたならば、それは内部のすべての物体と同じように重力の徴候をすべて失い、速度をなくして、この点に到達するはずであった。

そのとき、どんなことが起こるか？　三つの仮説があった。

砲弾がまだある程度の速度をもっていた場合、引力の等しい点を通過すれば、月の引力が地球の引力に勝っているので、砲弾は月に落ちていくであろう。

引力の等しい点に達するだけの速度がなかった場合、地球の引力のほうが月の引力に勝るために、砲弾はふたたび地球に落ちていくであろう。

最後に、中立点へ達するだけの速力はあっても、それを通過することができなかった場合、砲弾は、天頂と天底のあいだにあるといわれているマホメットの墓のように、永遠にその場に宙ぶらりんになるであろう。

状況はそういう具合であった。バービケーンは、それらの結果を友人に明瞭に説明した。

二人は、その話にひじょうに興味をそそられていた。ところで砲弾が、地球から七万八一一四リューのところにあるこの中立点に達したことを、どうして確認するのだろうか？　彼らも砲弾の内の物体も、すこしも重力の法則に従わなくなったときが、まさにそのときであった。

このときまで、旅行者たちはこの重力の作用がしだいに減じてゆくのを認めてはいたが、それがすっかりなくなるのをまだ認めてはいなかった。しかし、その日の午前十一時ごろ、ニコールがうっかりとり落としたコップが、落ちないで空中に浮かんでいたのだ。

「やあ！」と、ミシェル・アルダンがさけんだ。「これはちょっとした物理実験だぞ！」

すると、ただちに、いろいろな品物や武器や酒瓶なども、空中で放せば、奇蹟のようにその位置に止まっていた。ミシェルがディアーヌを持ちあげて空間に置くと、ディアーヌもまた、カストンやロベール・ウーダンたちのおこなったすばらしい空中浮揚を、なんのトリックもなく再現したのだった。そのうえディアーヌは、自分が空中に浮かんでいることに気づかない様子だった。

三人の冒険家たちも、科学的に推論することはできるのだが、茫然自失し、不思議な国に連れてこられたように感じていた。また彼ら自身のからだにも重さがなくなっているように感じられるのだった。腕を伸ばせば、腕は垂れようとはせず、頭は肩の上でゆらゆら揺れ、脚はもう砲弾の底にしっかりついてはいなかった。彼らは足元の定まらない酔っぱらいのようだった。幻想家は、鏡に映る姿を失った人だとか、影を失った人を創り出したものだ！　しかしここでは、引力の中立状態によって、重さのない人間たちを創ったのである。

　とつぜん、ミシェルは飛びあがると底を離れ、ムリロの描いた「天使たちの調理場」の修道士のように空中に浮かんだ。

　一瞬ののち二人の友人も彼に従った、そして三人は、砲弾の中央で、奇蹟的な上昇を形づくっていた。

「信じられるかい？　ほんとうのことかい？　ありうることかい？」と、ミシェルはさけんだ。「いや信じられん。しかし事実なんだ！　ああ、もしラファエロがこういうわれわれを見ていたら、どんな『聖母昇天』を描いたことだろう！」

「昇天は長くつづかないよ」と、バービケーンは答えた。「砲弾が中立点を通過したら、月の引力でわれわれは月のほうに引かれるだろうからね」

「それなら足が天井につくことになるのかい？」と、ミシェルはいった。

「いや」とバービケーンは答えた。「この砲弾の重心はひじょうに低いところにあるから、すこしずつさかさになってゆくんだ」

「それなら、われわれの備品はすっかりひっくり返るってわけだね！」

「安心したまえ、ミシェル」と、ニコールは答えた。「ひっくり返ることはすこしも心配はいらない。なに一つ動きはしないよ。方向転換は、感じられないくらいにおこなわれるんだから」

「そうだ」と、バービケーンはいった。「引力の中立点を通り過ぎると、月にたいして下ろした垂線に従って、砲弾は、比較的重い尾部を先にして落ちていくことになるだろう。しかし、この現象が起こるためには、中立の線を越さなければならないんだ」

「中立の線を越すんだって」と、ミシェルはさけんだ。「それなら、赤道を越すときの船員のようにやろう。通過を祝って飲もうじゃないか！」

脇腹を軽く動かすと、ミシェルは、クッションのついた壁のほうへ行き、そこにあったコップと酒瓶をとり、友人の目の前の〝空間〟に置いた。そして三人は陽気に乾杯をし、万歳を三唱して中立の線に敬意を表したのである。

この引力の作用は、およそ一時間ほどしかつづかなかった。旅行者たちは、わずかずつ底部に引き戻されるのを感じた。バービケーンは砲弾の円錐形をした先端が、月に向かう法線からすこしずつ離れていくのを認めたように思った。反対に底部が法線に近寄っていった。月の引力が地球の引力に勝ったのだった。同時に月への落下が、これも感じられないくらいにはじまっていた。しかし、そのうち引力はすこしずつ増してゆき、落下は速まってゆくだろう。尾部を先にして進む砲弾は、地球に先端部を見せながら、月の大陸の表面まで、しだいに速度を増しつつ落ちていくだろう。そして目的地に着くだろう。いまや、なにものもこの冒険の成功を妨げることはできなかった、ニコールも、ミシェル・アルダンも、バービケーンと喜びをともにしたのだった。

つづけざまに彼らを驚かせたこれらの現象について、三人は語りあった。ことに、重力の法則によるこの中立化は、彼らの尽きない話題となった。ミシェル・アルダンは相変わらず興奮して、純粋な空想にすぎない結論までももちだそうとするのだった。

「ああ諸君!」と、彼は、さけぶのだった。「もし地球上でもこういうふうに、われわれを大地にしばりつけている鎖であるこの重力から人間が解放されることができたなら、なんてすばらしい進歩だろう! 自由を得た囚人だ! もう腕も脚も疲れることはないんだ! それに、地球から飛び立ったり、空中に止まっていたりするのに、単に筋肉を動かすだけだとしたら、そして現在われわれのもっている力の一五〇倍の力が必要だということがもし本当なら、もし空気がなかったら、われわれはちょっとその気になったり、気まぐれを起こしただけで、空中に浮かぶようになるだろう」

「実際」と、ニコールが笑いながらいった。「麻酔薬で苦痛がとり除けるように、重力というものを除くことができたなら、社会の姿が変わることになるね」

「そうとも」と、この問題に夢中になって、ミシェルはさけんだ。「重力を打ち倒そう、そうすれば、もう重荷はなくなるんだ! したがって、もう起重機も、ジャッキも、巻揚げ機も、クランクハンドルも、それにそのほかの道具もなくなるんだ、存在理由がなくなってね！」

「そうだよ」と、バービケーンは答えた。「しかしね、もしなにも重さがなくなったら、なにも安定しなくなるんだよ。きみの帽子だってもう頭の上に落ち着いちゃいなくなるんだ。ミシェル、きみの家の石だって、重さのおかげで固定しているんだよ！　船もなくなるんだ、水の上に安定しているのは、ただ重力の結果なんだから。海だってなくなる、海も地球の引力で均衡を保たなくなるから。それよりもね、空気もなくなるよ。空気の分子を引きつけておくものがなくなるから、宇宙に分散してしまうさ！」

「そりゃ困ったことだ！」と、ミシェルは答えた。「われわれを腕ずくででも現実に引き戻すには、こういう実証的な人たちに限るよ」

「しかし、気を落とさないようにしたまえ、ミシェル」と、バービケーンは言葉をつづけた。「たとえ重力の法則のなくなった天体というものがないとしても、きみは、重力が地球上よりずっと少ない天体を訪れようとしているんだから」

「月がかい？」

「うん、月さ、月の表面では、物体は地表での六分の一の重さしかないんだ。月では容易に認められる現象だよ」

「われわれも見ることができるかしら？」と、ミシェルはたずねた。

「もちろん。なぜなら、二〇〇キログラムのものが月の表面では三〇キログラムしかないんだからね」

「それでわれわれの筋肉の力は、月に行くと弱まるのかい？」

「そんなことはないさ！　飛び上がったら、一メートル上がる代わりにきみは一八フィート上がってしまうよ」

「それなら、われわれは月ではヘラクレスのような勇者になるわけだね」

「ことに」と、ニコールは答えた。「月世界の人たちが彼らの天体に比例していたら、やっと一フィートぐらいの高さだろうからね」

「小人か！」と、ミシェルは答えた。「するとぼくはガリバーの役を演じるわけだ。巨人の寓話を実現するんだ！　地球を離れて、太陽系の中をまわっていく喜びはそういうところにあるんだ！」

「ちょっと待った、ミシェル」と、バービケーンがいった。「ガリバーの役を演じようと思うなら、地球よりすこし質量の小さい、水星や金星、火星のような内惑星だけにしておきたまえ。木星や土星や天王星や海王星のような大きい惑星にはめったに行かないほうがいいよ。なぜなら、そういう惑星では、役がさかさまになって、きみが小人になるだろうからね」

「それなら、太陽では？」

「たとえ太陽の密度が地球の四分の一だとしても、体積は一三二万四〇〇〇倍で、引力は地球の表面の二七倍になる。すべての均衡がとれているとすると、太陽に住んでいる人たちは、平均二〇〇フィートの高さがあることになる」

「ちぇっ！」と、ミシェルはさけんだ。「おれはちびの一寸法師にすぎないか！」

「巨人国のガリバーさ」と、ニコールがいった。

「まさにそのとおり！」と、バービケーンは答えた。

「すると、自衛のために大砲を何台かもってったにしても、役に立たないわけだね」

「よかろう」と、バービケーンは答えた。「弾丸は太陽じゃなんの役にも立たないよ、数メートル先に落ちてしまうだろうね」

「これはひどい！」

「確かなことだよ」と、バービケーンは答えた。「この巨大な天体では引力も非常なものさ、地上で七〇キログラムの物体は、太陽の表面では一九三〇キログラムになる。きみの帽子は約一〇キロ。葉巻が半ポンド。そのうえ、もしきみが太陽の陸の上で転んだとすると、きみの重さは、およそ二五〇〇キロ、きみは起きあがれないね！」

「ちぇっ！」と、ミシェルはいった。「すると、携帯起重機が必要ってわけだ。それでは諸君、きょうのところは月で満足することにしましょう！　あそこなら、少なくとも、われわれは巨人なんだろうから。そんな太陽に行く必要があるかどうかは、またあとで考えてみることにしよう。コップを口元まで上げる巻揚げ機がなければ水を飲むこともできな

いようなところへはね！」

9　方向急転の結果

旅行の結末はともかくとして、少なくとも砲弾の推進力については、バービケーンももう不安を抱いてはいなかった。現実上の速力が、砲弾を中立線を越えさせていたからだった。それゆえ、地球にまた戻っていくことにはならなかったし、引力の中立点に停止してしまうことにもならなかったのである。残る一つの仮定が実現されることになっていたのだった、つまり、月の引力の作用によって、砲弾は目的地に着くということである。

実際、そこでは当然地球上での重力の六分の一しか重力がないと考えられる天体へ向かって、八二九六リュー（三万三一八四キロメートルに当たる）落ちるのであった。これは恐ろしい落下であり、これにたいして、ただちにあらゆる予防措置がとられることが望まれている。

その予防措置には二種類あった。一つは砲弾が月の地面に着いた瞬間の衝撃を弱めるものであり、もう一つは落下をおそくする、したがって落下を弱めるものであった。

衝撃を弱めることについては、破壊される仕切り板とバネとして用いられる水とが、出発の際に衝撃を弱めるのに、ひじょうに有効だったが、バービケーンはもうこの方法を使うことができないので困った。仕切り板はまだ残っていたが、水が足りなかった。なぜなら、貯蔵してある水はこの用途に使うことができないからだった。月に着いて最初の数か月間は液体がないかもしれない場合に、水は貴重なものであったから。

それに、この貯蔵してある水だけでは、バネの働きをするにはとても不十分だったのである。出発のときに砲弾の内部に貯蔵されていた水の層（その上に防水性の円盤が浮かんでいたのである）は、五四平方フィートの面の上に三フィートの深さまであったのである。その体積は六立方メートル、重さは五七四〇キログラムあった。それがいまは、いろいろな容器に残っている水を合わせても、その五分の一にしかならなかった。そこで、到着の衝撃を弱めるのに、ひじょうに強力なこの方法はあきらめなければならなかった。

幸運にもバービケーンは、水を使うことだけで満足せず、水平の仕切り板が破裂したあとに底部に当たる衝撃を弱めるための弾力性のある強い詰めものを、可動円盤にとりつけておいた。その詰めものが残っていた。それを直し、可動円盤を正しい位置に置けば充分であった。詰めものの一つ一つはほとんど重さも感じられないほどで操作も容易であったので、すぐにつけなおすことができた。

それも終わり、いろいろなこまかいものも、苦労なくきちんと直された。ボルトとねじの問題があった。道具の足りないものはなかった。まもなく円盤は、テーブルの台が脚の上にのせられるように、鋼鉄の詰めものの上に、ふたたびのせられた。円盤をこのように移動した結果、不便なことが一つ起こった。底部の窓がふさがれてしまったのである。そこで、月に向かって垂直に落ちていくときに、窓から月を見守ることができなくなったのである。しかしそれは、あきらめねばならないことであった。それに、飛行船の籠《かご》から地球を見るように、側面の窓から広大な月の地域を見ることができたのである。

この円盤の整備の仕事には一時間かかった。準備が完了したときは正午を過ぎていた。バービケーンは砲弾の傾向について、新しく観測をした。じつに困ったことであるが、砲弾が、落下する方向にじゅうぶん向きなおっていないのであった。月の表面に平行な曲線を描いて飛んでいるようだったのである。空間に月はさんぜんと輝き、反対側には太陽が燃えつづけていた。

このような不安な状況を、そのままにしておくことはできなかった。

「着くだろうか？」と、ニコールがいった。

「どうしても着くようにしよう」と、バービケーンは答えた。

「臆病な人たちだ」と、ミシェル・アルダンはいった。「着くよ、思っていたよりずっと早く」

この答がバービケーンを準備の仕事に引きもどした。彼は、落下をおそくする器具の整備に没頭した。

読者は、フロリダのタンパ＝タウンの会合で、ニコール大尉がバービケーンの敵としてミシェル・アルダンの相手となったシーンを覚えているであろう（この物語の前篇である『地球から月へ』の中に出てくるシーンで、フランス人ミシェル・アルダンの演説会場で装甲板鋳造家のニコールと大砲クラブ会長が決闘するに至るまで論争する一章である）。そのとき、砲弾がガラスのように粉々になるだろうと主張するニコール大尉にたいして、適当に信管を用意して落下速度を弱めるとバービケーンは答えたのだった。

実際、底部から外に向かって強力な爆弾を発射すれば、その反衝運動によって、ある程度は砲弾の速度を抑えることができるのだった。この爆弾は真空内で燃焼しなければならなかった。しかし、酸素がないわけではなかったのである。なぜなら、月の火山の爆発に、月の周囲には空気がないということがすこしも妨げにならないように、爆弾自身で空気を供給するからだった。

砲弾の底部にねじで留められた小さな鋼鉄の大砲の中に、バービケーンは爆弾を用意しておいた。外には半フィートしか出ていない、そういう大砲が二〇個あった。円盤についた穴からおのおのの導火線に点火することができた。実際におこなわれるのは、すべて外部においてであった。時限爆弾の混入はおのおのの大砲の中で前もっておこなわれていたのである。それゆえ、底部にはまっていた金属製の閉鎖物をはずし、その代わりに、きっちりその場所に合うようになっている大砲を出せばよいのだった。

この新しい仕事は三時ごろ完了した。すべての予防措置がなされたので、あとはもう待つしかなかった。

そのあいだに砲弾は、目に見えて月に近づきつつあった。あきらかにある程度は月の影響を受けていた。しかし、砲弾の固有の速力は斜めに働いていた。この二つの力の合力のつくる線は、おそらく接線になるにちがいなかった。しかし砲弾が正常な落ち方をしないのは確かだった。下部がその重さのために月の表面に向いてしまうであろうからだった。砲弾が重力の作用に抵抗しているのを見ると、バービケーンの不安は増した。彼の目の前に開けているのは、星のあいだの空間のかなたの未知の世界であった。学者の彼は、地球に戻るか、月に到達するか、中立点に停止するかという、起こりうる三つの仮定を予測したものと信じていたのに！　そこへ限りない恐怖をはらんだ第四の仮定が、思いがけなく起こってきたのだった。この第四の仮定にたじろぎも見せずに直面するには、バービケーンのように確固たる学者であり、ニコールのように冷静な人間であり、また、ミシェル・アルダンのように豪胆な冒険家である必要があった。

この問題に関する会話がおこなわれた。他の人たちだったら、実際的の見地から問題を考察して、砲弾がどこに行くかということを問いあったことだろう。彼らは違っていた。この結果を生じた原因を発見しようとしていたのだった。

「こうなると、われわれは逸《そ》れたんだね？」と、ミシェルはいった。「しかし、なぜだろう？」

「わたしが恐れているのは」と、ニコールが答えた。「いくら注意しても、コロンビヤード砲の照準が正確ではなかったのではないかということなんだ。いくら小さい誤差でも、われわれを月の引力の外に投げ出すには充分だからね」

「すると、ねらいが悪かったのかね？」と、ミシェルがたずねた。

「わたしはそうは思わない」と、バービケーンは答えた。「コロンビヤード砲は正確に垂直だったし、その天頂に向いた方向は議論の余地のないものだった。そして、月が天頂を通る満月のときに、われわれは月に着くはずだったのだ。べつの理由があるんだ。しかし、わたしには思い当たらない」

「到着するのがおそすぎたのではないだろうか？」と、ニコールがきいた。

「おそすぎるって？」と、バービケーンはいった。

「うん」と、ニコールは答えた。「ケンブリッジ天文台の文書には、九七時間一三分二〇秒で旅程が完了されなければならないとなっている。これは、それより早ければ、月は指定の位置にまだ来ていないし、それよりおそければその位置にはもういないという意味なんだ」

「そのとおり」と、バービケーンは答えた。「しかしわれわれは十二月一日の午後十時四十六分三十五秒に出発した。そして五日の夜十二時、満月の瞬間に着くはずなのだ。きょうは十二月五日、時刻は午後三時半だ。八時間あれば目的地に着くに充分なはずだ。なぜわれわれは目的地に着かないんだろう？」

「速度が速すぎたのではないだろうか？」と、ニコールはいった。「なぜなら、最初の速度が予想よりずっと大きかったのが、いまではわかっているのだから」

「違う、違うよ」と、バービケーンは答えた。「砲弾の方向さえ正しければ、速度が速すぎるのは、目的地に着くのを妨げはしないだろう。違う。方向急転なんだ。砲弾が逸れたんだよ」

「だれのせいで、なんのせいで？」と、ニコールはたずねた。

「わたしにはそれがいえないんだ」と、バービケーンは答えた。

「ところでバービケーン」と、そのとき、ミシェルがいった。「この方向急転がどこから生じたかという問題について、わがはいの意見を知りたくはないかね？」

「いってみたまえ」

「その理由を知るのに、わがはいは半ドルだって払いはしないだろうっていうことさ！　われわれは逸れたんだ、それだけのことだ。どこへ行こうと、いっこう差し支えないよ！　そのときになればわかることだ。かまうもんか！　われわれは宇宙を引かれているんだから、いつかしまいには、どこかの引力の中心に落ちるさ！」

ミシェル・アルダンのこの無頓着さは、バービケーンを満足させることはできなかった。しかしバービケーンは未来を恐れていたのではない、ただ、なぜ砲弾の方向が逸れたのかを、どうしても知りたかったのである。

そのうちに、砲弾とその外に投げ出されたものの行列は、月の側面を移動しつづけていた。バービケーンは八〇〇〇キロほどの眼下の月にいくつかの点を定めて測定し、砲弾の速度が一定になっていることを認めることさえできた。落下していないという新しい証拠なのである。砲弾の推進力は、まだ月の引力より強かった。しかし、軌道はたしかに月に近づきつつあった。もっと近づいたなら、重力の作用がまさり、決定的に落下を引き起こすかもしれないという希望はあった。ほかになにもすることがないので、三人は観測をつづけていた。月の地形を正確に認めることは、まだできなかった。投げかける太陽の光線のもとに、土地の起伏はすべて平面だった。

このようにして午後八時まで、三人は側面の窓から眺めていた。そのころには月は、空の半分をおおうほど大きくなっていた。一方の側の太陽と他方の側の月が、砲弾を光の中に浸していた。

このときバービケーンは、月までの距離は二八〇〇キロメートルにすぎないと計算できると思った。砲弾の速度は毎秒二〇〇メートル、すなわち一時間約七二〇キロのようだった。砲弾の底部は向心力の影響で、月のほうに向く傾向にあった。しかし相変わらず、遠心力のほうが強かった。直線の軌道は、その性質を決定することのできぬ、ある曲線に変わりそうになっていた。

バービケーンはやはり、解けない問題を解こうとしていた。

効果のないままに時間は流れていった。砲弾は明らかに月に近づいてはいたが、到着しないだろうということも同じように明らかなことだった。砲弾の通る最短距離は、それを引っ張っている引力と反発力の合力であるわけだろう。

「ぼくは一つのことしか要求しない」と、ミシェルは繰り返していた。「月の秘密を探るに充分なだけ近くを通ってもらいたいということさ！」

「いまいましいな」と、ニコールはさけんだ。「この砲弾を逸らせた原因が！」

「いまいましいよ！」はっと胸に応えるものを感じてバービケーンが答えた。「いまいましいよ、途中でわれわれがすれ違ったあの流星が！」

「ええっ？」と、ミシェル・アルダンはいった。

「それはどういう意味だね」と、ニコールがさけんだ。

「それはね」と、自信のある調子でバービケーンは言葉をつづけた。「われわれの方向急転は、ただあの流れ星と出合ったためだけだという意味さ！」

「しかしあの流星にわれわれは触れもしなかった」とミシェルは答えた。

「そんなことは関係ない。あの流星はこの砲弾の質量に比べればじつに大きかった、だからその引力はわれわれの方向を狂わせるに充分だよ」

「ほんのすこしはね！」と、ニコールはさけんだ。

「そうだ、しかしいくらすこしでもね」と、バービケーンはいった。「八万四〇〇〇リュー（約三二九万八九三二キロメートルに当たる）先では、月をとり逃がすのに充分なんだ」

10　月の観察者たち

バービケーンの発見したものは、あきらかにこの方向急転の唯一の是認できる理由であった。いくら小さなものであったとはいえ、砲弾の軌道をゆがめるのには充分だった。これは宿命であった。この大胆な試みが、まったく偶然の事情によって失敗に終わってしまったのだ。特別の事件でも起こらないかぎり、三人はもう月に着くことはできなかったのである。そのときまでに解くことのできなかった、物理学あるいは地理学上の問題を解決できるくらい近くを通るであろうか？　そのとき、この大胆な旅行者の心を捉えていたのは、ただその問題だけだった。彼らに用意されている未来の運命に関しては、彼らは考えてみようとも思っていなかった。この限りない孤独の中で、彼らはどうなるのだろう？やがて空気もなくなるはずだった。数日後には、当てもなくさまようこの砲弾の中に、彼らは窒息して倒れるだろう。しかしこの数日間は、この勇気ある人々にとっては数世紀に等しかった。彼らは、自分たちが着くことをもう希望することのできないこの月を観察するのに、そのすべての瞬間をささげるであろう。

そのとき、砲弾と月との距離は、約七八五キロと計算された。この条件では、表面のこまかいところの見える点からいえば、彼らは性能のいい望遠鏡を備えた地上の人よりも、はるかに月から遠いところにいたのである。

実際、パーソン＝タウンにジョン・ロスが装置した六五〇〇倍の倍率の望遠鏡は月を六四キロの近くにまで引き寄せている。さらに、ロングズ＝ピークに建設された強力な望遠鏡によれば、月は四万八〇〇〇倍になり、八キロ以内に近寄ることとなり、直径一〇メートルのものは、充分はっきりと見えたのである。

そこで、この距離で望遠鏡を使わずに観測した場合、月の地形の細部は、はっきり見きわめられはしなかった。不適当にも〝海〟と呼ばれている広大な陥没の大きな輪郭を捉えることはできたが、その陥没の性質を認めることはできなかった。山々の隆起は、太陽光線の反射が引き起こしている、光り輝く照射の中に消えていた。溶解した銀の浴槽を覗きこみでもしたように、目がくらみ、思わず視線をそらしてしまうほどだった。

そのあいだに、月の横に長い形が、すでに現われ出ていた。月は、尖《とが》った先を地球のほうに向けている巨大な卵のようだった。じじつ、月はその生成の最初の日々には、液状かまたは柔軟な展性《てんせい》の状態かで完全な球形をしていたのだ。しかしやがて地球の引力に引かれ、重力の作用に従って長く伸びたのである。地球の衛星になると、月はつくられたときの純粋な形を失ってしまった。重心は形の上での中心より前に移っていた。こうした構造から、月の地球からは見えない反対側の面に空気と水が集まってしまっているかもしれないという結論を、何人かの学者が引き出したのである。

月がもとの形から変わってしまったのだということは、数秒間しか感じられなかった。砲弾と月のあいだの距離は急速に縮まっていった。速度が、最初の速度に比べて著《いちじる》しく減少していたのだ。それにしても、その速度は急行列車のそれの八倍か九倍以上であった。砲弾が傾いているために、方向も斜めに進んでいたのであるが、このことは月の表面のどこかの点にぶつかるのではないかという希望をミシェル・アルダンに棄《す》てさせなかった。着かないとは、彼には信じられなかったのである。そうだ！ 彼は信じられなかったのだ。繰り返し彼はそういっていた。しかし、彼よりも優れた裁判官であるバービケーンは、冷酷な論理で彼に答えるのをやめなかった。

「いやミシェル、着かない。墜落でもしないかぎり月には着かない。しかしわれわれは墜落はしない。求心力は、月の影響を受けてわれわれを捉えてはいる、しかし遠心力は不可抗力的にわれわれを押しのけているんだ」

その言葉の調子は、ミシェル・アルダンの最後の希望を奪ってしまった。

砲弾が近づいていたのは、月の北半球、つまり月の地図では下のほうにある部分だった。というのは、月の地図は一般に望遠鏡で見える映像のとおりに描かれるものであり、だれでも知っているように、望遠鏡はものをさかさに映すものだからなのである。バービケーンの参照していた、ベーアとメドラーの月世界図もそうだった。この北半球には広大な平原がひろがり、ところどころに、ぽつんと山が浮き出ていた。

午前零時になった。月は満月であった。あいにく流星が砲弾を逸らさなかったら、まさにこの瞬間に、旅行者たちは月に立つはずであった。月は、ケンブリッジ天文台で精確に測定した状態になっていた。厳密に月は近日点にあり、二八度の緯線の天頂にあった。地平線にたいして垂直の方向を向いたコロンビヤード砲の底部に場所を占めて観測していたなら、砲口に月を捉えることとなったであろう。砲身の軸を通る直線は、月の中心を貫いたであろう。

いうまでもないことであるが、十二月五日から六日へかけてのこの夜、旅行者たちは一瞬の休息もとらなかった。こんなにも、この新しい世界の近くに来て、目を閉じることなどできたであろうか？　いや、できはしなかった。彼らの感情はただ一つの考えに集まっていた、見ること、であった！　地球の代表者、過去および現在の人類の代表者、それが彼らの姿であった。人類がこの月の地域を眺め、その秘密を探るのは、彼らの目によってなのだ。ある感動が彼らの心を捉えていた。一つの窓から他の窓へと、静かに彼らは動きつづけていた。

バービケーンがつくっておいたいろいろな観測予定は、きちんと測定された。観測するには望遠鏡があり、それを検討するためには彼らは地図をもっていた。

最初に月を観測したのはガリレイであった。彼の不十分な望遠鏡では、月は三〇倍になったにすぎなかった。だが、〝くじゃくの尾に斑点が点在しているように〟月の表面に点在している汚点を、最初に彼は山と認め、ひどく誇大ではあったが、表面の直径の二〇分の一、つまり八八〇〇メートル、とその高さを測定したのだった。ガリレイは観測による地図はつくらなかったのである。

数年後、ダンチッヒの天文学者ヘヴェリウスが、月に二回、上弦と下弦のときにだけ精密なものとなる方法によって、ガリレイの測定した山々の高さを、月の直径の二六分の一にまで小さくした。逆のほうに極端になったのである。しかし、月の最初の地図はこの学者によるのである。その地図上で、まるく薄い色でつけられた点は円形の山々を示し、濃い色の点は、実際には平原にすぎないのであるが、広い海を示しているのである。そしてこの山や海に、彼は地球上の名称をつけた。そこには、アラビアの中にシナイ山があり、シシリー島の中央にエトナ火山があり、アルプス、アペニン山脈、カルパティア山脈、それから、地中海、メオティード沼、黒海、カスピ海などであった。しかしこれらは、けっしてうまくつけた名前ではなかった、なぜなら、その山も川も、それと同じ名をもつ地球上のものの地形を思い起こさせるものではなかったからである。南端で広い大陸につづき、岬《みさき》になって終わっている、大きな白い汚点の中に、インド半島、ベンガル湾、コーチンシナの逆になった形をみつけるのはむずかしかろう。そういうわけで、こうした名前は使われなくなっているのである。べつの、人間の心をもっとよく心得た製図学者が、新しい用語法を提示し、人間のもつ虚栄心がこれを熱心に採用しようとした。

これはヘヴェリウスと同時代のリッチョーリ神父である。彼は粗雑な、誤りの多い地図をつくった。しかし、彼は月の山々に古代の偉人や彼の時代の学者の名をつけた。その後ずいぶんまねをされた習慣である。

第三番目の地図は、十七世紀にドミニコ・カッシーニによってつくられた。つくり方はリッチョーリのものよりすぐれていたが、数字については不正確なものだった。これを縮写したものは何度か印刷されたが、王室印刷所に永いあいだ保管されてあった銅版は、場所をふさいで困るということで、目方で売られてしまったのである。

有名な数学者で製図家だったラ・イールは、高さ四メートルの地図をつくったが、これは銅版にはとられなかった。

その後、十八世紀の半ばに、ドイツの天文学者トビー・マイヤーは、自分で精密に測定した数字に従って、すばらしい月の地図の刊行をはじめた。しかし、一七六二年の彼の死は、そのりっぱな事業をなしとげるのを許さなかったのである。

それから、月の地図は略図を多く描いたリリエンタールのシュレーターが現われ、次にドレスデンのロールマンという人が二五の区画に分かれた版型をつくり、そのうちの四つは銅版にとられたのである。

一八三〇年、ベーアとメドラーの二人は正射影に従って有名な月地図をつくった。この地図は、見えるとおりの月の表面を正確にあらわしている。つまり、山や平原の地形は中央部だけが正しいのだった。そのほかの東西南北の部分では地形は縮小されて見えるので、中央部の地形と比べることはできないのである。四つの部分に分かれた、この九五センチメートルの高さの地形図は、月の製図法の中の傑作であった。

この二人の学者ののちには、次のようなものがある。ドイツの天文学者ユリウス・シュミットによる月の表面の浮き彫り地図、セッキ神父による地形学上の業績、イギリス人でアマチュアのウォレン・ド・ラ・リューのすばらしい試み、そして最後に、ルクテュリエとシャプュイスの二人が正射影によってつくった地図、これは一八六〇年に、はっきりしたデッサンと確実な処置によってつくられたりっぱな模型であった。

こういったところが、月の世界に関するいろいろな地図の目録なのである。バービケーンはこのうちベーアとメドラーのものと、シャプュイスとルクテュリエのものと二つをもっていた。その二つの地図は、彼の観測の仕事を容易にしているはずだった。

また、彼の使っていた光学器具は、とくにこの旅行のために製作された、すぐれた海上用の眼鏡であった。対象を一〇〇倍にするものであったから、地上でこれを使ったなら、月を四〇〇〇キロ以上のところにまで近寄せて見せたであろう。そこで、午前三時ごろ、一二〇キロメートルを超えない距離のところで、そのうえ空気によって乱されることのない場所であるため、それらの光学器具は、月の表面を一五〇〇メートル以内にまで近寄せているはずだった。

11　空想と現実

「きみはいままでに月を見たことがあるかね？」と、ある教授が皮肉に生徒の一人にたずねたことがある。

「いいえ、先生」と、その生徒はいっそう皮肉に答えた。「月のことを話しているのを聞いたことがあるといわなければなりません」

ある意味では、この生徒の愉快な返事は、地上の大多数の人間のする返事なのかもしれない。どれほど多くの人が、月を……少なくとも遠眼鏡や望遠鏡のレンズを通しては見もしないで月のことが話されるのを聞いたことだろう！　地球の衛星の地図を調べることさえもしない人が何人いることだろう！

月の世界地図を見ると、一つの特色がまず目を打つ。

地球や火星の地形と違って、大陸はとくに南半球に位置している。それらの大陸は、南米やアフリカやインド半島の輪郭を描いている、あのはっきりした規則的な境界線をもってはいないのである。角の多い、気まぐれで凹凸《おうとつ》のはげしいその海岸線には、湾や半島が多い。土地がひどくこまかく分かれている、こみいったスンダ列島をすぐに思い出させるのである。もし月の表面を航海することがかつてあったとしたら、ずいぶんむずかしい危険なものだったにちがいない。出入の多い海岸を測量したり、危い上陸地にはいっていたりするときの、月の水路測量技師や水夫たちはお気の毒だったといわねばならないのである。

また月では、南極が北極よりも大陸性であるということにも気づく。北極には、他の大地から広い海*で隔てられた、ちょっとまるい地域があるにすぎない。南のほうは、大陸がほとんど全半球を覆っている。そこで、フランクリン、ロス、カーヌ、デュモン・デュルヴィーユ、ランベールというような人たちが、地球の未知の点である極地に達することはできなかったけれども、月世界の人がその極地にすでにテントをたてたということはありうるのである。

島も月の表面には数多い。そのほとんどすべてが細長いかあるいは円形で、コンパスで描かれたようであり、それらの島々は一つの大きな群島をつくっているように思われる。それらはちょうどギリシアと小アジアのあいだに位置し、神話の中でも最も優雅な伝説にいろどられた、あの美しい一群の島々に比べられるものだった。それゆえミロだとか、ナスクソスとか、テネドスなどという名が思わず心に浮かんできて、ユリシーズの船やアルゴ船一行の〝快走船《クリッパー》〟をみつけようとするのだった。少なくともミシェル・アルダンはそう呼んだのである、ギリシア群島を彼は地図の上にみとめていた。が、それほど空想的ではない彼の友人たちの目には、それらの海岸はむしろ、ニューブランズウィックだとかニュースコットランドといった、こまかく分割された土地を思い出させた。そして、このフランス人が神話の主人公たちの痕跡を見いだしていた場所に、一人のアメリカ人は月世界における商業と産業のために支店をつくるのに都合がよい点を指摘していたのである。

月の大陸の部分をすっかり記述するのに、もうすこしその山岳の地形について語ろう。そこには、じつにはっきり山脈や孤立した山々や円谷や細い溝が見分けられる。月の表面の起伏はすべてこのように分類されるのだ。起伏は異常にはげしいのである。大きなスイスなのである、火成作用がすべて終わった、広くつづくノルウェーなのである。このように深い凸凹《でこぼこ》があるのは、生成期に地殻が連続的に収縮したためである。月の表面は主要な地理学上の現象の研究に好都合なものである。ある天文学者たちの考察に従えば、月の表面は地球の表面より古くからあったものだが、地球よりずっと新しい状態を保っているのである。太古の地形をこわし、大地を全体的に均等化する働きをする水も、山の輪郭を変える分解作用をもつ空気も、月にはないからなのである。そこでは、水成作用の影響力で

＊もちろん、この「海」という言葉でわれわれは、昔はおそらく水に覆われていて、現在では広大な平野であるにすぎない、あの巨大な空間を指すのである。〔原註〕

変貌させられていない火成作用の働きが純粋に天然のままの状態をしているのである。海の潮や河の水の運んでくる沈澱物の層を塗りこめられる以前の地球そのままなのである。

広い大陸をさまよっていた視線は、次にはさらに広大な海に引きよせられていった。それらの海は、その構造や位置や様子が地球の海を思い出させるだけでなく、地球上の海のように月の球体のひじょうに大きい部分を占めている。しかしその場所を占めているのは液体ではなくて、旅行者たちがやがてその性質を明らかにしたいと思っている平原なのである。

天文学者たちがこれらのいわゆる海にいくらか奇妙な名前をつけたということは認めなければならない。そして科学は現在までそれらの名を大事にしてきたのである。ミシェル・アルダンがこの月世界図を、スキュデリー嬢やシラノ・ド・ベルジュラックによってつくられた「愛情地図」に比べてみたのは、理由のあることなのである。

「ただし」と、彼はつけ加えた。「これはもう十七世紀のような感情の地図ではない。男性的な部分と女性的な部分の二つにはっきり分かれた生活の地図なのだ。女性は右の、男性は左の半球さ！」

このミシェルの言葉は、二人の散文的な友人の肩をすくませるものだった。バービケーンとニコールは、月の地図をこの空想的な友とはまったくべつの見地から見ていた。しかしこの空想的な友も、すこしは正しかったのである。それは読者がよろしく判断するであろうが。

この左の半球には、人間の理性がしばしば溺れにいく〈雲の海〉がひろがっているのである。そこから遠くないところに、生活の苦労のあとを示している〈雨の海〉が現われている。その近くには〈嵐の大洋〉がよこたわっている。そこでは、人間が多くの場合打ち勝つことのできない情熱にたいして、絶えず闘っているのである。それから、失望と裏切りと不実と地上の悲惨さの連続に疲れ果てて、その生涯の終わりに人間の見いだすものは何か？　大きな〈湿りの雨〉である。それは〈露の入江〉の幾粒かの滴《しずく》ではほとんどやわらげられはしないのである！　雲、雨、嵐、湿り、人間の一生にはこれ以外のものがあるだろうか？　この四つの言葉のうちに人間の一生が要約されているのではないだろうか？

「女性にささげられた」右の半球には、女の生活のあらゆる事件を含む、意味ぶかい名の小さい海がある。それは、若い娘が覗きこんでいる〈晴れの海〉であり、笑いを投げかけている未来を映している〈夢の湖〉である。愛情の波が立ち、愛のそよ風の吹く〈神酒の海〉なのである！　〈豊かの海〉〈危難の海〉、そしておそらくとても小さい〈蒸気の海〉、ついには、あらゆるかりそめの熱情を、無益な夢を、そして満たされない願望を呑みこむ〈静かの海〉となり、さらにその波は静かに〈死の湖〉に注ぐのである！

なんという異様な名の連続なのだ！　二つの半球に奇妙に分けられ、男と女のようにたがいに結びつけられて空間を運ばれていく、この生命をもつ球体を形づくっている月！

昔の天文学者たちの空想を、こういうように解釈したミシェルは間違っていたのだろうか？しかし、彼の想像力がこうして〈海〉のあいだを駆けめぐっていたとき、彼のまじめな友人は、もっと地理的な事情を考察していた。彼らはこの新世界を暗記していた。その角度や直径を測定していた。

バービケーンとニコールにとっては、〈雲の海〉は、環状の山々がいくつか散在している土地の広大な陥没なのだった。南半球西部の大きな部分を覆っているこの海は一八万四八〇〇平方リューを占め、その中心は南緯一五度、西経二〇度にあたっていた。月の表面中で最も広い〈嵐の大洋〉は三二万八三〇〇平方リューに及び、中心は北緯一〇度、東経四五度にあたっていた。その海の奥深い底から、光を放射線状に投げているすばらしいケプラーや、アリスタルコスの山々が現われ出ていた。

その北には、〈雲の海〉と高い山脈で隔てられた〈雨の海〉がひろがっていた。中心点は北緯三五度、東経二〇度、ほとんど円形に近いこの海は、一九万三〇〇〇平方リューの場所を占めている。そこから遠くないところに、四万四二〇〇平方リューの小さい泉水にすぎない〈湿りの雨〉が、南緯二五度、東経四〇度に位置している。そして最後に、この半球の沿岸地方には、〈熱の入江〉〈露の入江〉〈虹の入江〉の三つが浮きあがって見え、小さな平野が高い山脈のあいだにいくつも閉じこめられていた。

女性の半球は、もちろんいっそう気まぐれで、もっと小さく数も多い海によってきわだっていた。北のほうには、北緯五五度、経度零度に、七万六〇〇〇平方リューの〈氷の海〉があり、それに隣接して〈死の湖〉と〈夢の湖〉がある。〈晴れの海〉は北緯二五度、西経二〇度にあって八万六〇〇〇平方リューを占め、境界のはっきりしたまるい〈危難の海〉は、北緯一七度、西経五五度にあって四万平方リューを占めている。まさに、山岳地帯の中に落ちこんでいるカスピ海である。そして赤道付近には、一二万一五〇九平方リューを占める〈静かの海〉が北緯五度、西経二五度のところにあり、この海は南のほうへは〈神酒の海〉に、東のほうへは〈豊かの海〉へ通じている。〈神酒の海〉は南緯一五度、西経三五度にあって二万八八〇〇平方リューを占め、〈豊かの海〉はこの半球最大のもので、二一万九三〇〇平方リューあって、南緯三度、西経五〇度に位置している。最後に、最も北と最も南に二つの海が目につく。六五〇〇平方リューの面積をもつ〈フンボルト海〉と二万六〇〇〇平方リューの〈南の海〉である。

月の表面の中央、赤道と経度零度の経線にまたがって、〈中央の入江〉が開いている、二つの半球のあいだの一種の連結線になっているのである。

ニコールとバービケーンの目には、地球の衛星の常に見えている面が、このように分解されて映ったのである。このいろいろな広さを加えると、この半球の面積は四七三万八一六〇平方リューであり、そのうち三三一万七六〇〇平方リューが火山や山脈や円谷や島、つまり月の固体の部分をつくっているものと思われているもので、一四一万四〇〇平方リュー

が海や湖や沼、つまり液体の部分をつくっているものと思われているものなのである。しかしこんなことは、ミシェル先生にはまったく関係のないことであった。

そこでこの半球は、ごらんのように地球の半球の一三・一分の一なのである。だが、月の研究家たちは、すでに四万以上の火口を数えあげている。イギリス人が「生《なま》チーズ」つまり「グリーン・チーズ」という、あまり詩的でない呼び方をしたが、それにふさわしくふくれあがり、亀裂のはいった、ほんとうのあばた面《づら》なのである。

ミシェル・アルダンは、この無愛想な名をバービケーンが口にしたとき、躍りあがったものだ。

十九世紀のアングロ＝サクソンはこういうふうに月を扱うのである、美しいディアーヌを、ブロンドのフェーベを、愛らしいイシスを、魅力のあるアスタルテを、夜の女王を、ラトナとジュピターの娘を、光輝くアポロの妹を！

12　山岳学の詳述

砲弾の飛ぶ方向は、すでに指摘したように月の北半球に向かっていた。とり返しのつかない方向急転がなかったなら、当然着いたはずの中心点から遠く外れていた。午前零時三十分。バービケーンは月までの距離を一四〇〇キロメートルと計算した。これは月の半径よりすこし長く、北極に向かって進むに従って、この距離は減少してゆくはずであった。そのとき砲弾は赤道の上空ではなく、一〇度の緯線に直角に推進していた。注意ぶかく地図上で測定されたこの緯度から北極までのあいだに、バービケーンとその二人の友人は、月を最良の条件の下で観測することができた。

じじつ、望遠鏡を使うことによって、一四〇〇キロメートルのこの距離は一四キロメートルに縮められていたのである。ロッキー山脈中の望遠鏡から見れば、月はこれよりもっと近くに見えたであろうが、地球上の空気は奇妙に視力を弱めるものである。そのため、この砲弾中に位置を占めたバービケーンは、望遠鏡を目に当てることによって、地球の観測家たちにはほとんど捉えることのできないようなこまかい点をすでにいくつか認めていた。

「諸君」と、そのとき会長はまじめな声でいった。「われわれがどこに行くのだか、わたしにはわからない。地球にふたたび帰れるかどうかもわたしは知らない。しかし、この仕事がきっといつかわれわれの同類の役に立つものであるものとして行動しようではないか。あらゆる心配を頭から捨ててしまうのだ。われわれは天文学者なのであり、この砲弾はケンブリッジ天文台の一室が空間を飛んでいるにすぎないのだ。観測しよう」

この言葉が終わるやいなや、作業はひじょうな正確さをもって開始され、月と砲弾の変化してゆく距離に従って、月のいろいろの姿が忠実に写しとられていった。

砲弾は北緯一〇度の線の上空にあると同時に、東経二〇度の線に沿って正確に進んでいるようだった。

観測に使用している地図のことで、重要な注意をする必要のある点がある。月の地図では、望遠鏡で見ると物が逆に見えるので、南が上に北が下になっている。この逆立ちの結果、東は左に西は右に当然置かれるのが自然であるように思われる。しかしそうではないのだ。たとえ月の地図をさかさにし、肉眼で見る月そのままを示すようにしても、地球の地図とは反対に、東は左に西は右になるのである。この異常さの原因は、次のようなわけである。観測する人たちが北半球に、もしお望みならヨーロッパにいたとすると彼らは月を彼らの南に見るのである。月を見るとき彼らは北に背を向ける。これは地球の地図を見るときの姿勢とは逆の姿勢である。なぜなら、彼らは北に背を向けるから、東が左に西が右になるからである。観測する人たちが南半球に、たとえばパタゴニアにいたとすると、月の西は完全に彼らの左になり、東は右になる。なぜなら、南が彼らのうしろになるからである。

これが二つの方位基点の明らかな逆転の理由なのである。バービケーン会長の観測についていくためには、このことを考慮に入れておかねばならない。

ベーアとメドラーの月地図のおかげで、旅行者たちは、望遠鏡の視野の中にとらえられている部分がなんであるかを、躊躇《ちゅうちょ》なく認めることができた。

「いま見ているのはなんだね？」と、ミシェルがたずねた。

「〈雲の海〉の北の部分だ」と、バービケーンは答えた。「遠すぎるので、あの部分の性質がなんであるかを認めることが、われわれにはできないんだ。あの平原は、最初のころの天文学者が主張したように、不毛の砂でできているのだろうか？　ウォレン・ド・ラ・リュー氏の意見のように、巨大な森林にすぎないのだろうか、氏はひじょうに低いところに、しかしひじょうに濃密な空気が月にあると考えているんだ、やがてわれわれはそれを知ることができるだろう。断言する権利をもつまでは、なにも断言するのはよそう」

地図の上に引かれたこの〈雲の海〉の境界線は、ずいぶん疑わしいものだった。この海の右側の部分に隣接する、プトレマイオス、プールバッハ、アルザケルなどの火山から吐き出された溶岩の塊《かたまり》が、この広大な平野にまき散らされているものと人は考えている。しかし、砲弾が進み、かなり近づいていくと、やがてこの海の北側の境界を閉ざしている山々の頂上が現われた。前方に、すばらしい美しさに輝く一つの山がそびえ立っていた。その峰は、激しくさしかける太陽の光の中に没しているように思われるのだった。

「あれは?……」と、ミシェルがたずねた。

「コペルニクス山さ」と、バービケーンが答えた。

「そら、コペルニクス山だ」

北緯九度、東経二〇度に位置するこの山は、月の水平面上に三四三八メートルの高さでそびえ立っている。この山は地球からはよく見えるので、天文学者たちは充分に、この山を研究することができたのである。とくに下弦と新月のあいだの月相のときには、その影が東から西に長く伸びて、その山の高さを測ることができた。

このコペルニクス山は、南半球中に位置するティコ山につづいて、月の表面中で最も重要な放射線状の組織を形成している。〈嵐の大洋〉のこの部分に、巨大な灯台のようにぽつんとそびえ立っているこのコペルニクス山は、その輝きで二つの大海を照らしていた。満月のときに、目もくらむような明るい筋が長く延びて、隣接する山脈を越えて〈雨の海〉にまでとどいて消えている光景は、比べるものもないほどだった。地球の時間で午前一時、空間を運ばれていく気球のように、砲弾はこの壮大な山を見下ろしていた。

バービケーンは、コペルニクス山の主要な地形を正確に認めることができた。この山は、大きな円谷の分類の中でも、第一級の環状の山の系列の中にふくまれるのである。〈嵐の大洋〉を見下ろすケプラー山やアリスタルコス山と同じように、このコペルニクス山も、灰色がかった明るさの中で、ときどききらきら光る点のように見え、そのために活火山と間違えられるのであった。しかしこの山も、月の表面のすべての火山と同じように、死火山にすぎないのである。その外壁の直径は約八八キロメートルだった。望遠鏡で見ると、そこには、連続して起こった噴火のためにできた層理が見えた。そしてそのまわりには噴火による破片が飛びちり、そのいくつかはまだ火口の中に見えているようだった。

「月の表面には」と、バービケーンがいった。「数種類の円谷がある、コペルニクス山が放射線式に属しているということは容易にわかる。もしもっと近寄っていたら、昔は噴火口であった、内部の切り立った円錐形の円谷を見ることができたところだ。月の表面に例外なく見られる奇妙な地形は、円谷の内部の面が、地球上の火口の形とは反対に、外部の平原より低いということだ。その結果、こういう円谷の底の湾曲を総合したものは、月の直径より小さい直径の球体になるわけだ」

「それで、どうしてそういう特殊な地形ができるのだね？」と、ニコールがたずねた。

「わからない」と、バービケーンは答えた。

「なんてすばらしい輝きだろう」と、ミシェルは繰り返しいっていた。「人間がこれより美しい光景を見ることができるとは思えない！」

「するど」と、バービケーンは答えた。「もしこのわれわれの旅行が、偶然に南半球に行ったら、きみはなんというだろうね？」

「そうすればぼくは、これはなおいっそう美しい！　というだろうね」

そのとき砲弾は、円谷を垂直に見下ろしていた。コペルニクス山の外壁は、ほとんど完全な円をなし、その切り立った外郭がはっきり浮き出ていた。二重の環になった壁さえ見分けることができた。その周囲には、荒涼たる様相を示す灰色の平原がひろがり、起伏は黄色に浮きあがって見えていた。宝石箱のように閉ざされたこの円谷の底に、まばゆく輝く巨大な宝石にも似た二つ三つの噴出物の円錐形が、一瞬きらめいていた。北のほうは、外郭が陥没によって低くなっていた、おそらくそこから火口の内部へはいることができるにちがいない。

周囲の平原の上部を通り過ぎるあいだ、バービケーンは、あまり重要ではない山をたくさんノートすることができた。その中には、幅二三キロメートルのゲイ・リュサック山という名の小さな環状の山があった。南のほうでは平原はひじょうに平坦で、地面の盛りあがったところも突出したところもなかった。反対に北のほうでは、平原が終わって〈嵐の大洋〉となる場所まで、その様子は暴風にかき乱される液体の表面のようで、その高い峰々や土地の隆起は、その波がきゅうに凍ったような形をしていた。そして、すべてのそれらの上に、あらゆる方向に光る筋が走り、それはコペルニクス山の頂上に集まっていた。そのあるものなどは幅が三〇キロメートルにも及ぶもので、その長さは測り知れないほどなのであった。

旅行者たちは、この奇妙な光の線の原因を論議した。しかし地上の観測家たちと同じように、その性質を決定することはできなかった。

「しかし」と、ニコールはいった。「この光る線は、太陽の光をひじょうに強く反射する山々の支脈だと簡単になぜいえないのかね？」

「そうはいえない」と、バービケーンは答えた。「もしそうだとするなら、月がある状態になった場合、山の尾根の影ができるわけだが、そういう影はできないんだ」

じじつこの光る線は、月が太陽と衝《しょう》の位置にあるときだけしか現われず、太陽の光線が斜めにさすようになると、たちまち消えてしまうのだった。

「しかし、この光る筋の説明をするために人間はなにか想像をしただろうか？」と、ミシェルはたずねた。「なぜなら、学者たちがいつか説明をつけるのを忘れたなんて、ぼくには信じられないからね！」

「そうだ」と、バービケーンは答えた。「ハーシェルはある見解を表明した。しかし、彼もその見解を断言することはできなかったのだ」

「そんなことはかまわない。その見解というのは、どういうものだね？」

「彼はこの光る線は、溶岩の流れが冷却したもので、普通に太陽の光がさしたときに輝くのだ、と考えた。これはありうることだ、しかし、やはり確かではない。それに、ティコ山のそばをいまよりもっと近く通れば、この輝きの原因を知るのにずっといい場所を通ることになるんだが」

「ねえ、きみたち、われわれの高さから見下ろすこの平原はなにかに似ていると思わないか？」と、ミシェルがたずねた。

「いや」と、ニコールが答えた。

「それではと、紡錘《つむ》のようにこの溶岩の塊がならんでいるところは、大きな棒崩しの棒をごちゃごちゃに投げ出したのに似ているよ。一本一本とり除《の》けてゆくための鉤《かぎ》がないだけだ」

「まじめにやろう！」と、バービケーンはいった。

「まじめになろう」と、落ち着きはらってミシェルは答えた。「棒崩し遊びじゃなければ、これは骸骨だ。この平原は巨大な死体収容場にすぎない。消滅してしまった太古の世代の遺骸が眠っているのだ。おおげさな印象を与えるこの比較のほうが、きみの気に入るだろうよ？」

「同じことさ」と、バービケーンは答えた。

「ちぇっ！　むずかしい人だな！」と、ミシェルはいった。

「ねえ、きみ」と、実証的なバービケーンはいった。「これがなんであるかがわからないときに、なにに似ているかを知ることなどは、どうでもいいことなんだ」

「いい答だ」と、ミシェルはさけんだ。「学者たちと議論するっていうことがどういうことかわかるよ！」

そのあいだに砲弾は、月の表面に沿ってほとんど一定した速度で進んでいた。旅行者たちは、容易に想像されるように、一瞬の休息をとろうとも思わなかった。眼下を走り去る風景は一分ごとに変わっていった。午前一時三十分ごろに、旅行者たちはもう一つの山の頂上をかすかに見た。地図と比較して、バービケーンはエラトステネス山であることを認めた。

これは高さ四五〇〇メートルの環状の山で、月に数多い円谷の一つだった。この山のことから、バービケーンは円谷の形成に関するケプラーの奇妙な意見を友人たちに語った。この著名な数学者に従えば、この火口状の穴は人間の手によって掘られたものにちがいないというのだった。

「どういうわけで？」と、ニコールがたずねた。

「じつに自然なわけだ！」と、バービケーンは答えた。「半月のあいだつづけざまに照りつける太陽の光線から身を守ろうと遁《のが》れるために、月世界の人たちはこの巨大な事業を計画し、この穴を掘ったのだ」

「月世界の人たちもばかじゃない！」と、ミシェルはいった。

「奇妙な考えだね！」と、ニコールもいった。「しかし、この円谷のほんとうの大きさをケプラーはたぶん知らなかったのだろう。なぜなら、あの穴を掘ることは、月世界の人たちにはできないような、巨人族のすることだからね！」

「なぜだね？　月の表面では重力は地球上の六分の一なんだよ」と、ミシェルはいった。

「しかし、月世界の人が六分の一だけ小さいとしたら？」と、ニコールは答えた。

「それに、月世界の人というものがいないとしたら！」と、バービケーンがつけ加えた。

この言葉は議論を終わらせてしまった。

まもなく、精確な観察をできるほどに砲弾が近づくこともなく、エラトステネス山は地平線に消えてしまった。この山はアペニン山脈とカルパティア山脈を切り離していた。

月の山岳を研究した結果、山脈については、その大部分が北半球にあることがわかった。しかしそれらの中のいくつかは、南半球でもいくらかの部分を占めているのである。

次に示すのは種々の山脈の図表で、最初の数字はその山脈の南端の緯度、次の数字は北端の緯度、最後の数字はその山脈中で最も高い山頂の高さである。

ドアーフェル	八四度	南緯	七六〇三メートル
ライブニッツ	六五度	〃	七六〇〇　〃

ルック	二〇度から三〇度	南緯	一六〇〇メートル
アルタイ	一七度から二八度	〃	四〇四七 〃
コルディレラ	一〇度から二〇度	〃	三八九八 〃
ピレネー	八度から一八度	〃	三六三一 〃
ウラル	五度から一三度	〃	八三八 〃
アランベル	四度から一〇度	〃	五八四七 〃
ヘミュス	八度から二一度	北緯	二〇二一 〃
カルパティア	一五度から一九度	〃	一九三九 〃
アペニン	一四度から二七度	〃	五五〇一 〃
タウルス	二一度から二八度	〃	二七四六 〃
リヘ	二五度から三三度	〃	四一七一 〃
ヘルシニヤン	一七度から二九度	〃	一一七〇 〃
コーカサス	三二度から四一度	〃	五五六七 〃
アルプス	四二度から四九度	〃	三六一七 〃

これらの山脈中で最も重要なものはアペニン山脈である。その伸展する長さは、地球の大きな山岳の起伏の長さには劣るが六〇〇キロメートルに達している。この山脈は〈雨の

海〉の東の岸に沿って延びてカルパティア山脈につづく。このカルパティア山脈の長さは約四〇〇キロメートルに及ぶ。

旅行者たちは、西経一〇度から東経一六度にまたがるアペニン山脈をかすかに見ることしかできなかった。しかしカルパティア山脈は、東経一八度から三〇度まで彼らの眼下にひろがっていた。彼らはこの山脈の配列状態を測定することができた。

まことにもっともな仮説が彼らの頭に浮かんだ。いくつかの高い蜂がそびえ、あちこちでまるい形を帯びているこのカルパティア山脈を見て、この山脈がかつては重要な円谷を形成していたのだと彼らは結論した。この山々の環は、〈雨の海〉をつくった大きな溶岩の流出のために、部分的に破壊されたのである。このカルパティア山脈の姿は、プールバッハ、アルザケル、プトレマイオスなどの円谷の左側の外郭が地殻変動のために崩れ、一つづきの山脈になったようなものだった。この山脈の平均の高さは三二〇〇メートル、これはピレネー山脈のある地点、たとえばピネードの港の高さに比べられる高さである、南側は激しい傾斜で、巨大な〈雨の海〉のように低くなっている。

午前二時ごろ、月の二〇度の緯線の上空、ピュテアスという名の一五五九メートルの高さの小さい山から遠くないところに自分たちが位置するのを、バービケーンは知った。砲弾と月の距離はもう一二〇〇キロメートルにすぎず、望遠鏡で見ると、月は一二キロメートルのところまで近づいていた。

〈雨の海〉は旅行者たちの眼下に、そのこまかい点は相変わらず捉えられないが、大きな陥没地としてひろがっていた。その近く、左側に、高さ一八一三メートルと推定されるランベール山がそびえ、さらに遠く北緯二三度、東経二九度、〈嵐の大洋〉の境界線上に、放射状のオイラー山が輝いていた。標高一八一五メートルにすぎないこの山は、天文学者シュレーターの興味ある研究の対象だった。この山の起原を知ろうと努めたこの学者は、火口の容積と火口を形成している外郭の体積が常に目に見たところでは等しいものかどうかと自問したのだった。ところで、この関係は一般的には存在するのである。このことからシュレーターは次のように結論した、火山物質の一回だけの噴出でも外郭をつくるのに充分なのであると。なぜなら、連続して噴出が起こった場合は、この関係は変わってしまうからなのである。ただこのオイラー山は、この一般的な法則に反していた。この山ができるのには数回の連続した噴出が必要だった。なぜならその穴の容積は、周囲の山々の体積の二倍あったからである。

すべてこうした仮説は、道具が不完全な地上の観測家たちにのみ許されたものだった。バービケーンはこういう仮説には満足せず、砲弾がしだいに月の表面に規則的に接近していくのを見ると、月に到達することはできなくても、少なくとも月の形成の秘密を捉える望みを捨てはしなかったのである。

13　月世界の風景

午前二時三十分、砲弾は三〇度の緯線を横切っていた。月までの実際の距離は一〇〇〇キロメートル、望遠鏡によってその距離は一〇キロメートルに縮められていた。月のどこかの地点に到達することは相変わらず不可能であるように思われた。比較的小さいこの移動速度は、バービケーン会長にとっても説明のつかないものであった。月からのこの距離では、月の引力にたいしてロケット弾を支えるだけの速度は相当なものであるはずだったのである。理由のわからない現象であった。しかしその原因を求めている時間はなかった。月の土地の起伏は次々に眼下を去っていき、三人は、そのどんなこまかい点一つも見落とそうとはしなかった。

月は望遠鏡では、一〇キロメートルの距離のところに見えていた。地球からこれだけの距離の点まで運ばれたら、飛行船の乗組員なら地球の表面にどんなものを見分けることができるだろうか？　この問いに答えることはできない。なぜなら、最も高く上昇したときでも、人間は八〇〇〇メートルを超えてはいないのだから。

しかし、以下は、この高さからバービケーンとその友人たちが眺めたものの正確な記述である。

かなりの変化のある色彩は、月の表面上の大きな金属板によるように思われた。月理学者たちはこの色彩の性質についての意見が一致していない。その色彩にはいろいろあって、はっきりと見分けられる。ユリウス・シュミットは、もし地球の海が乾いたとしたら、月の天体観測家たちは、地球上の観測家たちが現在月の上に見ているのと同じくらいには、いろいろときわだった微妙な相違を、乾いた海と陸の平原のあいだに見分けることはできないだろうと主張している。彼によれば、〈海〉という名で知られているこれらの大きな平原に共通した色は、緑色と褐色のまじった、くすんだ灰色なのである。いくつかの大きな火口も、この色彩を示している。

ベーアとメドラーも支持するこのドイツの月理学者の意見を、バービケーンは知っていた。ある種の天文学者たちが月の表面には灰色しか認めていないのにたいして、彼らの実際の観測が彼らに確信を与えているのだと、バービケーンは認めた。ある場所では、ユリウス・シュミットの意見どおり、〈晴れの海〉や〈湿りの海〉のためにそうなったとでもいうように、緑色が強くきわだっていた。またバービケーンは、内部の円錐形の隆起のない大きな火口が、磨きあげられたばかりの鋼鉄の薄板の反射のように青みがかった色を見せているのを認めた。これらの色彩は、じじつ月の表面にあるものなので、ある種の天文学者たちがいうように、望遠鏡の部品の不完全さとか、あるいは中間に存在する地球上の大気の結果などではないのである。このことについては、バービケーンもなんの疑惑もなかった。彼は真空を通して観察していたのであり、視覚的にすこしでも誤りを犯すということはありえなかったのである。この緑色の濃淡は、近いところに集まった、濃い密度の空気によって育つ熱帯植物のせいであろうか？　まだはっきり意見を述べることが彼にはできなかった。

さらに遠くのほうにはっきり目立つ赤い色に、彼は気づいた。月の縁のヘルシニヤン山の近くのリヒテンベルクという名の円谷のぽつんと孤立した外壁の底にも、すでに同じような濃淡が認められていた。しかし彼にはそのものの性質を認めることはできなかった。またバービケーンは、月の表面のもう一つの特質に関しても前のこと以上に成功したとはいえなかった。なぜなら、その原因を正確に述べることは、彼にはできなかったからである。

会長のそばで観測をつづけていたミシェル・アルダンは、太陽の直射光線を受けて強く輝く、白い長い線に気づいた。前のコペルニクス山に見られた光の放射とはまったく違う、光る畝《うね》がつづいているのだった。それらの畝は平行して長く延びていた。

ミシェルは相変わらず冷静さを失いはしなかったが、さけび声を立てるのも忘れはしなかった。

「おやっ！　畑じゃないか！」

「畑だって？」と、肩をすくめながらニコールは答えた。

「少なくとも掘り返してはあるよ」と、ミシェル・アルダンは答えた。「しかし、月世界の人たちはなんという農民なのだろう。あんな畝《うね》をつくるには、どんな大きな牛に鋤《すき》を引かせたのだろう！」

「これは畝じゃない、溝だ」と、バービケーンはいった。

「溝なら溝でもいい」と、ミシェルはおとなしく答えた。「だが、科学の世界で溝というのはどういう意味なのだね？」

ただちにバービケーンはこの友人に、彼が月の溝に関して知っていることを教えた。これが月の表面の山地以外のところではどこにでも見られる畝であるということ、多くの場合は孤立したこれらの畝は、一六キロのものから二〇〇キロの長さに達するものもあるということ、その幅は一〇〇〇メートルから一五〇〇メートルのあいだであるということ、その縁は精確に平行していること、これらがバービケーンの知っていることだった。しかし彼もこれ以上のこと、それらの形成について、また性質については知らなかったのである。

バービケーンは望遠鏡を使い、極度の注意をはらってこれらの溝を観察した。その溝の縁がひじょうに急な傾斜になっているということに、彼は気づいた。これは長い平行した城壁であり、想像をめぐらせば、月の技師たちの築いた要塞の長い陣地だと思うこともできた。

これらのいろいろな溝のうちそのいくつかは、墨縄《すみなわ》で引いたように完全に直線だった。またその他のものは、それ自身の両側の縁は平行を保ちながら、かすかな湾曲を示していた。後者は交錯し、ポシドニウスやペタヴィウスのように環状の穴に畝をつくり、前者は火口を横切り、〈晴れの海〉のような海に縞模様をつけていた。

この自然にできた土地の起伏は、必然的に地球の天文学者たちの想像力をかきたてたにちがいない。最初の観測ではこれらの溝は発見されなかった。ヘヴェリウスも、カッシーニも、ラ・イールも、ハーシェルも、これを知らなかったようである。一七八九年に最初にこれを指摘して学者たちの注意を促したのはシュレーターであった。パストルフやグルイテュイゼンやベーアとメドラーなどが、これにつづいて研究した。現在ではその数は七〇にのぼっている。しかし数えることはしても、まだその性質を明らかにしてはいないのである。たしかに要塞などではない、また乾いた河の古い河床でもないのである。なぜなら、月の表面では水はひじょうに軽く、こんなに深い溝を掘ることはできないだろうし、またこれらの畝がたびたび、ひじょうに高い火口を横切っているからである。

しかし、ミシェル・アルダンがこのことについて一つの考えをもち、彼はそれを自分では知らなかったが、この場合はユリウス・シュミットと意見が一致していたということは認めておかねばならない。

「どうして」と、彼はいった。「この説明のつかない光景が、たんに植物の現象によるものではないのだろうか？」

「それはどういう意味かね？」と、バービケーンはたずねた。

「興奮しないでほしいね、会長殿」と、ミシェルは答えた。「この堤防を形づくっているこれらの暗い線が、規則的に植えられた樹木の列だということにどうしてならないのだね？」

「するときみは植物説に固執するんだね？」と、バービケーンはいった。

「ぼくは」と、ミシェル・アルダンははげしくいい返した。「きみたち学者が説明しないことを説明したいのだ！　少なくとも、この溝がなぜ規則正しい時期に消えるか、あるいは消えるように見えるのかということを指摘するならば、ぼくの仮説のほうが優勢になるだろうね」

「どういう理由でだね？」

「その理由は、これらの木々は葉を落としたときには見えなくなり、葉が繁ると見えるようになるのだ」

「うまい説明だよ、きみ」と、バービケーンは答えた。「しかしその説明は認められないよ」

「なぜ?」

「なぜなら、月の表面には、いわば季節というものがないからなのだ。そこで、きみのいう植物の現象は起こりえないことになるからなのだ」

じじつ、月の地軸はすこしも傾いてはいないので、月の表面ではどの緯度でも太陽の高さはほとんど変わらないのである。赤道下では太陽はほとんど変わらず天頂に位置し、極地ではけっして地平線を越えて現われることはない。そこで、地軸がその軌道にたいしてすこしも傾いていないあの木星と同じように、月ではその各々の場所に従って、永遠に冬や春や夏や秋がつづくのである。

これらの溝の起原はなんであるか? 解決することの困難な問題である。火口や円谷が形成されたあとにできたことは確かである。なぜなら、これらの溝の多くが、火口や円谷の中に、円形の壁を破ってはいりこんでいるからである。そこでこれは、最後の地質時代のもので、自然の力が膨張してたんに外部に現われたためにすぎない、ということもありうるのである。

そのあいだに砲弾は四〇度の緯線の上空に達し、月までの距離は八〇〇キロメートルを越えていなかったにちがいない。月のいろいろな物体は、望遠鏡の視野の中では八キロのところにあるように見えていた。彼らの足下の地点には、高さ五〇五メートルのヘリコーン山がそびえ、左手には、〈雨の海〉の小部分をとりかこむ〈虹の入江〉という名のまるい小高い丘があった。

地球上の天文学者たちが月の表面を完全に観測するためには、地球の大気は現在よりも一七〇倍透明にならなければならないだろう。しかしこのときロケット弾が浮かんでいた真空の中では、観測するものの目と観測される物体のあいだには、いかなる流動体も存在しなかったのである。そのうえ、最も精巧な望遠鏡、ジョン・ロスのものやロッキー山脈中の望遠鏡などが月を近寄せて見せる距離よりも、バービケーンはずっと近い距離にいたのである。そのため、月に住むことができるかという重大な問題を解決するのに、このうえなく好都合な条件にバービケーンはいたのである。しかし彼にはまだこれを解決することはできなかった。彼には広い荒涼たる平原しか見分けられなかったのだ。北のほうに乾いた山々が望まれた。人間の手が加わったことを、わずかでも示すものはなに一つない。人間がそこを通り過ぎたという証拠となる廃墟さえない。下等な程度でも生命がそこで生成することができるという、それだけでも示してくれるような動物の集団は見られない。どこにも動きというものがないのだ。植物の痕跡もない。地球を占める三つの要素のうち、月に現われているのはただ一つ、鉱物界だけであった。

「ああ、これはまあ!」と、ミシェル・アルダンはすこし狼狽した様子でいった。「人っ子一人いないじゃないか?」

「うん、いままでのところはね」と、ニコールが答えた。「一人の人間も、一匹の動物も、

LUNE

一本の木もない。すると、穴の底か円谷の内部か、月の向こう側に空気が集まっているかどうかは、もうわれわれには、まったく予測できないことになったな」

「それに」と、バービケーンがつけ加えた。「どんなに目がよくても、人間は七キロメートル以上離れたところにいるものは見えないのだ。それだから、もし月世界の人がいるとしたら、彼らにはわれわれの砲弾は見えても、われわれの姿を見ることはできないのだ」

午前四時ごろ、五〇度の緯線の上空にあり、月までの距離は六〇〇キロメートルに減少していた。左手には山が一列につづいていた。気まぐれな形のその輪郭は、光をいっぱいに浴びてくっきり浮かびあがっていた。右手には反対に、月の地面に掘られたうす暗い深い大きな井戸のような、くろぐろとした穴があいていた。

この穴が、〈黒い湖〉であり、下弦と新月のあいだに、影が西から東に延びて地球から具合よく研究できるのが、このプラトン山という深い円谷であった。

月の表面では暗い色にはまれにしか出合わない。暗い色が認められたのは、北半球の〈氷の海〉の東のエンデュミオン円谷の奥深いところと、月の東の縁に近い赤道上のグリマルディ円谷の底だけであった。

プラトン山は、北緯五一度、東経九度に位置する環状の山で、その円谷の幅は六一キロメートル、長さは九二キロメートルに及ぶ。バービケーンは、その大きな穴の上を垂直に通過できないのを残念がった。そこを通ったなら、深淵の深さを測り、なにか不思議な現象をとらえることができたかもしれないのである。しかし砲弾の進路を変えることはできなかった。正確にそれに従わねばならないのだった。人間には気球を運転することはできないが、砲弾の壁の中にはいってしまったら、それ以上に運転することなどできないのである。

午前五時ごろ、砲弾はついに〈雨の海〉の北の岸を越した。ラ・コンダミン山とフォントネル山が左手と右手に残っていた。月の表面のこの部分は、六〇度以後、まったく山が多くなっていた。月までの距離は望遠鏡で見れば四キロに縮まっていた。これはモンブランの標高より低い。あたり一面に山頂や円谷がそびえ立っていた。緯度七〇度あたりには、長径二八キロ、短径一六キロの楕円形の火口を開いた、高さ三七〇〇メートルのフィロラオス山がひときわ高くそびえていた。

これくらいの距離から見ると、月の表面はひどく奇妙な様相を示していた。その風景は地球から眺める風景とはまったく違い、じつに見苦しいといってもいいような状態だった。

月には空気というガス状の覆いがないために、すでに述べたような結果が起こるのである。うすあかりというものがまったくなく、深い暗黒の中で点滅するランプのように、とつぜん夜は昼になり、昼は夜になるのである。また、寒さと暑さの中間過程というものがなく、温度は灼熱の温度から一瞬のうちに空間中の冷気にまで下がってしまうのである。

空気がまったくないということのもう一つの結果として、次のようなことがある。それは、太陽光線のとどかないところでは、絶対的な暗闇が支配しているということである。地球上で散光と呼ばれて、空気によって中間状態を保たれているもの、つまり、たそがれと夜明けをつくり、濃い影や薄い影やあらゆる光と影の魔術を生み出す、あの光を発する物質が月には存在しないのである。そこから、黒と白のただ二つの色の極端なコントラストが生まれるのである。もし月世界の人が、彼の目に手を当てて太陽の光からかばうと、空は彼には絶対の暗黒となり、最も暗い夜と同じように彼の目には星が輝きはじめるのである。

この異様な光景がバービケーンとその二人の友人に与えた印象がどんなものだったか、考えていただきたい。彼らの目はくらんでしまった。さまざまな平面のそれぞれの距離を、彼らは捉えることができなかった。濃淡法の現象によってやわらげられるということがまったくない月の風景は、地球の風景画家には表現できないものであろう。白いページの上に落ちたインクの汚点、それだけであった。

砲弾が緯度八〇度の上空に達し、月までの距離が一〇〇キロメートルになっても、この光景はすこしも変わらなかった。また午前五時に、砲弾がジョーヤ山の上空五〇キロメートル以内、つまり望遠鏡では五〇〇メートルのところに見えるところを通過したときも、やはりこの光景は変わらなかった。月は手がとどきそうだった。砲弾は、たとえそれが暗い空の背景の稜線がきらきら輝いて浮きあがっている尾根のある北極であっても、着かないということはありえないことのように思われるのだった。ミシェル・アルダンは舷窓《げんそう》の一つを開いて、月の表面に飛び下りようかと思ったほどである。四八キロメートル落ちさえすればよいのだ！　彼には、そのくらいの距離はなんでもなかった。しかしそれは無益な試みなのだ。なぜなら、もし砲弾が月のどこかの点に着くことができないなら、それといっしょに動くミシェルも同じように月に着くことはできないはずだからである。

六時、この瞬間に月の極地はその姿を見せていた。旅行者たちの目には月はもう、激しく照りつける半面しか見えなかった。他の半面は暗闇の中に消えていたのである。とつぜん砲弾は、強い光と絶対的な影のあいだの境界線を越し、深い夜の中に急速に沈んでいった。

14 三五四時間半の夜

この現象がとつぜん生じたそのとき、砲弾は、月の北極から五〇キロメートルたらず離れて通過した。わずか数秒間で、空間のまっ暗闇の中に突入したのだ。移り変わりはじつにあっというまにおこなわれたので、光の漸減《ざんげん》もなく、光線の稀薄化もなくて、月は強烈な一吹きのもとに吹き消されたようだった。

「月が融《と》けてなくなった!」びっくり仰天して、ミシェル・アルダンはさけんだ。

じじつ、いましがたまでさんぜんと光を放っていた月は、光も影も見えなかった。完全な闇で、星のきらめきによって、いっそうそれがふかく感じられた。この〝闇〟は、月の位置のために三五四時間半もつづく、月世界の夜、月の公転と自転の均等から生まれる長い夜であった。月の本影の中に蝕《しょく》された砲弾は、太陽の作用をもはやすこしも受けなかった。

砲弾内も完全にまっ暗だった。なにも見えなかった。そこで、この暗闇を追っぱらう必要があった。バービケーンは、貯蔵が限られているのでガスをあまり消費したくなかったが、太陽から光をこばまれたのでは、高価なこの人工のあかりに頼らなければならなかった。

「太陽のやつめ！　光を無料でくれるのをやめたもんだから、ガスがえらくかかるじゃないか！」と、ミシェル・アルダンはさけんだ。

「太陽を責めちゃいかんよ」と、ニコールが答えた。「太陽の責任じゃないさ。責任はむしろ月にある。太陽とわれわれ地球人とのあいだに、スクリーンのようにはいりにやってきた月が悪いのさ」

「いや、太陽だ！」

「いや、月だ！」

　無益な論争は果てしないので、バービケーンはこういって結末をつけた。

「諸君、それは太陽の責任でもなければ月の責任でもない。それは、弾道を正しく行かずに、不手際にもそこから離れた砲弾の責任さ。もっといえば、流星に運悪く出喰わして最初の方向から逸《そ》れたことが悪いのさ」

「わかった！」と、ミシェル・アルダンはいった。「さあ、問題が片づいたから、食事にしよう。一晩じゅう観察したんだから、すこしは休息しなくちゃ」

　ミシェルの提言に、だれも異存はなかった。ミシェルは数分間で食事の用意をした。けれども、ただ食事のための食事で、乾杯なしに飲んだだけだった。勇敢な旅行者たちも、いつもの慣れている光に護《まも》られずにこの暗い闇の中に引っ張りこまれたので、一抹の不安を感じないわけにいかなかった。

そのうちに彼らは、ほぼ一五日に近い三五四時間にわたる長い夜について、そのあいだ月の住民たちはどのような肉体的な規律に従っているかということについて話しあった。

バービケーンは友人たちに、この奇妙な現象の原因と結果について、いくらか説明した。

「たしかに奇妙なことだが、月の各半球は一五日間、太陽の光線に浴さない。現在われわれが彷徨《ほうこう》している月の表面は、その長い夜のあいだ、すばらしく輝いている地球を見ることさえできない。一言でいえば、われわれの地球に月という名称を与えていえば――月世界の一方からは、月というものがないのだ。こういう現象をかりに地球に当てはめてみると、たとえばヨーロッパで月というものをぜんぜん見ないわけで、その対蹠《たいしょ》地点でなければ月は見られない。一人のヨーロッパ人がオーストラリアへ来たときの驚きようを、きみは想像できるかね？」

「ただ月を見るためにだけ旅行するなんて！」と、ミシェルはさけんだ。

「その驚愕《きょうがく》は、地球に背中を向けている月の表面に住んでいる、永久にわれわれ地球の住民からは見えない月世界の人々にとっておいてやりたまえ」

バービケーンは、なおつづけた。

「よく見える側の住民は、見えない側の兄弟の犠牲において、自然に恵まれた生活をしている。後者は、ご存じのとおり、三五四時間のふかい夜がつづいているのに、もう一つは反対に、太陽が一五日間照らしつけて地平線に沈み、その反対の地平線からきらきら輝く天体が昇ってくるのを見られる。それゆえ、月のよく見える側は、住まうのにたいへん具合よく、満月のときには太陽が、新月のときは地球が見える」

「けれどもそれらの便利は、光とともに耐えがたい暑熱に見舞われることによって帳消しにされるわけだね」と、ニコールがいった。

「じじつはしかし、両側ともに不便なんだよ。なぜならば、地球の反射光は明らかに熱がないわけだし、いっぽう見えない側は、見える側よりもはるかに熱を感じているんだよ。たぶんミシェルは理解できないだろうが」

「それはありがとう」と、ミシェルがいった。

「この見えない側が光と熱とを同時に受けているときは、月は新月で、つまりそれは合朔《がっさく》で、太陽と地球のあいだに位置しているわけだ。つまりそのときは、月が満月のとき、すなわち月が反対側の位置にあるときに比べれば、地球との距離の二倍だけ太陽に近いことになる。ところでその距離は、太陽と地球を隔てる距離の二〇〇分の一、すなわち、端数を切り棄《す》てて八〇万キロメートルといわれている」

「そのとおり」と、ニコールがいった。

「その反対に……」と、バービケーンはつづけた。

そのときミシェルがそれをさえぎった。

「ちょっと待った」

「なんだね？」

「ぼくがそのあとをつづけてみる」

「どうしてそんなことを？」

「ぼくがよく理解しているってことを見せるためにさ」

「やってみたまえ」と、バービケーンは微笑しながらいった。

「その反対に」とミシェルは、会長バービケーンの声と身ぶりを真似していった。「月の見える側が太陽に照らされているときは月は満月で、つまり、太陽と離れて地球に向かいあっていることになる。それだけに太陽と隔たっている距離は増大しているわけで、端数を切り棄てて八〇万キロメートルほど遠くなる。で、月が受ける熱は、すこし少ないものになるわけだ」

「なかなかうまいぞ！」そういってバービケーンは、剽軽《ひょうきん》な友の手を握った。それからまた、見える側の住民どもの利益を列挙しはじめた。

中でも彼は、月の円盤のこちら側にしか起こらない日蝕の観察を引例した。なぜならば、日蝕が生じるためには、月が衝《しょう》の位置にあらねばならなかったからだ。月と太陽とのあいだに地球が介在することによって生じるこの蝕は二時間つづき、気圏によって光線が屈折するので、地球は太陽の上の黒点としてしか現われなかった。

「そんなふうじゃ、この見えない側の半球は、ずいぶん歩《ぶ》が悪いね。造物主からひどく不興《ふきょう》をこうむったものだ」と、ニコールがいった。

「ほんとうにそうだ」と、バービケーンが答えた。「秤動《ひょうどう》の作用により、重心にたいするある種の平衡《へいこう》運動によって、月は地球にたいし、その円盤の半ば以上にもうすこし多くの部分を見せる。月は時計の振子のように、規則正しく揺れていて、重心が地球のほうへ移っているんだ。この振動はどこからくるのだろうか？ それは、月の軸のまわりの自転運動が一定の速度であるのに、地球の周囲の月の公転運動は一定の速度でないからだ。近地点では、公転の速度が勝り、月は西の端の部分を示す。遠地点では、その反対に自転運動が勝り、東の端の部分が現われる。この、ときには西の、ときには東の現われる部分はいずれも約八度の円弧形体であって、その結果月は、表面一〇〇〇にたいして五六九の部分を見せるわけである」

「そんなことはかまわんさ。今後われわれが月世界人になるなら、見えるほうの側に住まえばいい。ぼくは光が好きだよ！」

「しかし、少なくとももう一方の側では、幾人かの天文学者が主張するように、空気は稠《ちゅう》密《みっ》じゃないね」

「そいつは重大問題だ」と、ミシェルは、ぶっきらぼうに答えた。

まもなく食事が終わり、観察者たちは、それぞれの場所に戻った。彼らは砲弾内のあかりを消して、暗い舷窓《げんそう》から外を眺めようとした。しかし、光の一微小物さえもこの闇の中を通らなかった。

一つの未解決な問題がバービケーンの悩みだった。それは、どうして五〇キロメートルも月に近い距離を保ったままで、しかも月に落下しないで進行しているのだろうかということだった。もしその速力が巨大であったなら、落下するようなことはないということはわかる。しかしその速力が比較的にたいしたものではないので、この月の引力にたいする抵抗がわからないのだ。砲弾には不思議な誘導作用でもあるのだろうか？　なにかの物体によりエーテルで支えられているのだろうか？　今後、月のいかなる場所にも到達しないであろうことは明白である。どこへ行くのだろうか？　月から遠ざかるのであろうか？それとも近づくのであろうか？　このふかい闇を透《とお》して無限の虚空へ連れ去られるのではなかろうか？　この暗闇の中で、いかにしてそれを知り、いかにしてそれを計算することができようか？　バービケーンは、これらの問題を考えて不安になった。しかも彼はそれを解決できないのだ。

おそらく目に見えない天体はすぐそこに、何マイルか何キロか離れたところにあるのだ。それが彼にも、また彼の友にも見えなかったのだ。もしなにかの音がその表面でしたとしても、それは彼には聞こえなかったであろう。音の媒介物である空気がないので、アラブの伝説のいう「すでに半ば石化した人間が、まだ心臓をどきどきさせている！」その月世界の人々の嘆息を、彼らに伝えられなかった。

これらの忍耐づよい観察者たちがどんなにいらいらしていたかは諸君も納得できるだろう。彼らの目に見えないその半球こそ、まさしく未知の世界なのだ！　一五日早いか、またはは一五日おそかったら、太陽の光で赫々《あかあか》と照らしつけられていたし、照らしつけられるであろうこの面が、現在では真の闇に閉ざされているのだ。一五日のうちに砲弾はどうなるだろうか？　偶然にも引力の作用で、それはどこかへ引っ張られるであろうか？　そうと、だれがいえるのだろうか？

一般に月面図によれば、この見えない月の半球はその構造において、絶対的に目に見える月の半球と似ていることになっている。それはいまバービケーンが語ったように秤動運動によって、その約七分の一は見ることができる。しかし、瞥見《べっけん》されるこの円弓形体については、すでに図面に載っている平原や山岳や、火口や円谷に類似したものだった。そこで人は、同じような自然、同じような乾燥した不毛な世界だときめてかかるのだ。しかし、もしかして気圏がこちら側に避難してはいないだろうか？　もしかして水が、空気とともに、これらの再生されている大陸に生命を与えたのではなかろうか？　もしかして動物が、これらの大陸や海に生息してはいないだろうか？　もしかして人類が、このような生存しうる条件のもとに生きているのではなかろうか？　いかに解決を待っている興味ある問題があることか！　いかに多くの結論が、この半球を眺めることによって得られることか！なことか！

いまだかつて人類の目が達したことのない世界に視線を投げかけることは、どんなに愉快なことか！

それゆえ、このような真の闇にあって、旅行者たちがどんなに味気ない思いをしたか察してみるがいい。月の裏側の観測はぜんぶ駄目だった。ただ星だけは見られたわけで、これは従来、フェーヤ、シャルコニャックやセッキのような天文学者でも、このような好条件のもとに、それらを見ることができなかったろう。

じじつ、この透明なエーテルの中に浸っている恒星の世界のすばらしさに匹敵するものはあるまい。円天井の中にちりばめられたこれらのダイヤモンドは、すばらしい閃光を放っていた。南十字星から北極星に至る大空が一望《いちぼう》のもとに眺められ、想像はこの崇高な無限の中に消え失せた。その中を、あたかも人間の手でつくられた新しい星とでもいったふうに、砲弾は重力の作用を受けて運行していた。

このようにして長いあいだ、旅行者は無言のままで、星をちりばめた虚空に見入った。その上には、月のひろびろとしたスクリーンが大きな黒い穴をつくっていた。しかし、そのうちに辛くて、ついに観察を断念しないわけにいかなかった。寒さがきびしく、まもなく舷窓のガラスの内側から、厚い氷の層が張りはじめたからである。じじつ太陽は、もはやその直光線で砲弾を暖めはしなかった。砲弾も、その外壁のあいだに蓄積した熱をすこしずつ失っていた。その熱は放射によって急速に空間に蒸発し、気温が低下した。砲弾内の湿気はガラスとの接触で氷になり、観察することを妨げた。

ニコールが寒暖計で測ってみたら、摂氏で氷点下一七度だった。そこで、なんとかして節約しなければならないのだが、バービケーンは光をガスに求めたのち、さらに熱をガスに求めなければならなかった。砲弾内の気温はもはや耐えがたいまでになった。搭乗者たちは生きながら凍りついてしまうだろう。

「旅行が単調などと泣きごとを並べなくてもすむわけだ」と、ミシェル・アルダンは指摘した。「少なくとも温度の点では、じつに変化があっていい！　あるときは光に目がくらみ、パンパスのインディアンのように熱で身をこがされた。いまはまた北極のエスキモーのように、極地の厳寒に包まれて、ふかい闇に沈んでいる！　われわれはなにも不平をいうわけはないので、自然がうまい具合に、われわれをいいようにしてくれるさ」

「ところで、外部の温度はどのくらいだろう？」と、ニコールがたずねた。

「惑星運行界の温度であることは確かだ」と、バービケーンが答えた。

「では、われわれが太陽の光線に浸っていたときしようと思ってできなかったことを実験してみるのに、ちょうどいい機会じゃないかね？」と、ミシェルが、またいった。

「それはほんのちょっとの瞬間だし、またと得られぬ機会だ！」と、バービケーンは答えた。「なぜならば、われわれは空間の温度をたしかめ、フーリエやプーイエの計算がはたして正確であるかどうかをしらべるのに、絶好の立場にあるわけだからね」

「それにしても寒いな」と、ミシェルはいった。「内部の湿気が舷窓のガラスに凝結《ぎょうけつ》しているから見てみたまえ。このまま温度の低下がつづいているかぎり、われわれの吐き出す息は雪になってわれわれのまわりに落ちてくるだろうよ！」

「寒暖計の用意」と、バービケーンがいった。

読者も察せられるだろうが、普通の寒暖計では、こういう場合役立たないのである。なぜなら零下四二度ともなると、水銀の水分が水銀皿の中で凍りついてしまうからである。しかしバービケーンは、ウァールフェルダン式の湾曲した寒暖計をもっていたので、最低の温度も測ることができた。

バービケーンはもうそれを使う準備をしていた。ニコールがたずねた。

「どうやって測るかね？」

「そうさないさ」と、何事にも動じないミシェル・アルダンは答えた。「すばやく舷窓を開いて、機械を外へ投げだしたらいい。おとなしく砲弾についてくるよ。それから一五分経《た》って引きあげれば……」

「その手でかい？」と、バービケーンがたずねた。

「この手でさ」と、ミシェルが答えた。

「そんなことをしたらたいへんだよ」と、バービケーンはいった。「厳寒のために凍りつ

き、形のすっかり変わった切りとられた残りの手をひっこませることができるだけだよ」

「ほんとうかね？」

「きみは、手にひどいやけどをしたように感じるだろうよ。それに、砲弾の外に投げ出されたものが、かならずしもわれわれの護衛になるとは限らんからね」

「どうして？」と、ニコールがたずねた。

「もしわれわれが気圏を通っているとしたら、たとえ気圏がそれほど濃くなかろうとも、砲弾外の物体はおくれるだろうね。それに、まっ暗だから、それらの物体がわれわれのまわりに浮動しているかどうかを確かめるわけにもいかない。それゆえ、寒暖計をなくしたくなかったら、それを結《ゆ》わえつけておいて、らくに内へ引っ張れるようにしておかなくちゃ」

バービケーンの勧告どおりにすることにした。すばやく舷窓が開かれて、ニコールが機械を投げた。すぐに引っ張れるように、ごく短い綱で結わえておいた。舷窓は一秒間も開いていなかったが、たった一秒間で、きびしい冷気が弾丸内に流れ入った。

「これはすごい！」と、ミシェル・アルダンはさけんだ。「白熊も凍えてしまうような寒さだ！」

バービケーンは、三〇分経つまで待った。三〇分あれば、機械が空間の温度の水準まで下がることができたのだ、やがて時間がきたので、寒暖計は急速に引きあげられた。

バービケーンは、機械の内部についている小さなアンプルの中に示された水銀の高さをしらべた。

「摂氏で氷点下四〇度」

プーイエ氏のほうが、フーリエ氏よりも理屈に適《かな》っていたのだ。これが月世界の空間のおそるべき温度であり、おそらくは月が一五日間暖められた太陽の熱を失ったときの、月世界の温度そのものでもあったのだろう。

15　双曲線か拋物線《ほうぶつ》か

バービケーンもその仲間も、金属の檻《おり》の中にはいったままで無限のエーテルの中に運ばれているのに、これから先どうなるかすこしも心配しないのを、おそらくだれでも不思議がるだろう。彼らはこのようにして行先を不安がる代わりに、まるで研究室にでもしずかに籠《こも》っているような気で、実験に余念がなかったのである。

じじつはしかし、彼らの力では砲弾がどうにもならなかったからだ。彼らは、その運行を阻《はば》むこともできなければ、その方向を変えることもできなかった。船乗りはその船の進路を思うように変えることができるし、気球搭乗者は、気球の上昇運動を抑えることができる。ところが彼らは、その乗りものをなんら操作することができなかった。そこで彼らは、ただ為《な》すに任せるだけで、航海用語によれば「波に任せる」だけだったのだ。

いま彼らは、地球における十二月六日というこの日の午前八時現在において、いったいどこにいるのだろうか？　ただ確かなことは、月のすぐ近辺にいるということ、それも、大空に張りめぐらされた黒い大きな映写幕のような月のすぐそばにいることだけだった。

その映写幕からどのくらい隔たっているか、それは不明であった。砲弾は説明しがたい力に支えられたまま、五〇キロメートル足らずの距離を隔てて月の北極を越えたのだった。しかし、この本影にはいってから二時間経《た》った現在、その月との距離は増したであろうか、それとも減少したであろうか？　距離なり、砲弾の速力なりをはかる目標が、なにもないのだ。おそらく本影の外へいちはやく飛び出そうとして、月から急速に離れたのではなかろうか？　それとも、その反対に、目に見えない半球にそびえ立つ尖峰にあやうく突き当たるまでに、かなり近づいていたのではなかろうか？　そうなればたぶん、旅行者の犠牲において、この旅行の終止符を打つ結果になるだろう。

この点について論争がはじまった。相変わらずおしゃべりのミシェル・アルダンは、そのうちに砲弾が月の引力によって、隕石《いんせき》が地球の面に落ちるように、月の上に落ちるんだろうと主張した。バービケーンは、それにたいして答えた。

「まず第一に、すべての隕石が地球に落ちるとは限らない。落ちるのは少数でしかない。それゆえ、われわれが隕石の状態にあったとしても、かならずしも月の表面に達するとは限らない」

「ひじょうに近くまで行っていてもかい？」と、ミシェルがいった。

「それは違う。きみはいつか、何千となく流れ星が空中に縞目《しまめ》をつくって走ったのを見なかったかね？」

「見たとも」

「ところでこれらの星、というよりこれらの粒子は、気層の上を走りながら熱せられつづけるという状態になければ、光を発しないのだ。それらは最小限度地球から六四キロの距離を走り、めったに地球の表面には落ちない。同じようなことがわれわれの砲弾にもいえるのであって、月にごく接近しても、そこには落ちないのだ」

「それでは、われわれの乗りものが、宇宙をどういうふうに彷徨《ほうこう》するか、それが知りたいもんだね」とミシェルがたずねた。

バービケーンは、しばらく考えたのち、「わたしは、二つの仮定しか考えられない」と答えた。

「それは、どういうことかね？」

「砲弾は、二つの数学上の曲線のうち、どちらかを選ぶだろう。それを動かす速力によって、そのどちらかを選ぶわけで、現在はそのどちらであるかわからない」

「そうだ、砲弾は双曲線か抛物線を描いて飛んでいるわけだね」と、ニコールがいった。

「ぼくは、そういうおおげさな言葉が大好きさ」と、ミシェル・アルダンがいった。「すると、それがどういう意味だか知りたくなるものさ。抛物線って、いったいなんだね？」

「抛物線というのはね」と、大尉が答えた。「円錐形を、その一つの母線に平行な平面で切るときに得られる切り口の曲線さ」

「ああ、そう！」と、ミシェルはさも満足そうにいった。

「それはね、臼砲《きゅうほう》から発射された砲弾の描く弾道とよく似ている」と、ニコールがふたたびいった。

「よくわかった。では、双曲線は？」

「双曲線というのはね、ミシェル君、第二級の曲線で、円錐形面と、その軸に平行する平面の交点によって生じ、たがいに分かれている二つの支線によって構成されていて、それらは二つの方向に無限に延びているのだ」

「そんなことがありうるのかね！」とミシェルは、まるでなにか重大事実を教えてもらったとでもいったふうに、まじめくさった口調でいった。「これはよくよく記憶しておかなければいけないね。双曲線の定義でぼくが気に入ったことは――ぼくはその誇張についていおうとしているのだが――きみが定義しようとした言葉そのものずばりのほうが、定義よりもはっきりしているね！」

ニコールもバービケーンも、ミシェルの冷やかしなんか問題にしていなかった。二人とも科学上の議論に夢中だったのだ。砲弾はどのような曲線を描いたのであろうか？ これが問題なのである。一人は双曲線を主張し、もう一人は抛物線だといって譲らなかった。彼らはXをやたらに使って議論しあった。その議論の烈《はげ》しいことといったら、ミシェルも飛びあがるほどだった。どちらも、自分のひいきの曲線のためには断じてあとへひかなかった。

あまりこの科学上の論争が長びいたので、とうとうミシェルはじりじりしはじめた。

「ああ、やめたまえ、二人とも！　双曲線だとか抛物線だとかを頭にぶつけあうのはやめないか！　ぼくはこの問題で、ただ一つのことを知りたいと思っている。われわれは、きみたちのいう曲線のどちらにも従うことにしよう。ただね、それらの曲線は、どこへわれわれを連れていってくれるのかね？」

「どこでもないさ」と、ニコールが答えた。

「ええっ！　どこでもないって！」

「そうなんだよ」と、バービケーンもいった。「これらの曲線は、無限に延びる終わりのない曲線なんだ！」

「ああ、きみたちは学者だな！」と、ミシェルはさけんだ。「ほんとうにきみたちはいいところがあるよ！　双曲線だろうが抛物線だろうが、どっちにしたってわれわれを無限に空間の中に連れてゆくんだから、どっちだっていいじゃないか！」

バービケーンもニコールも、思わず微笑した。彼らは、いわゆる〝芸術のための芸術〟的なことをやっていたわけだ。最も不適当な時期に、よくも無益な議論を闘わしたものだ。いまわしい事実は、双曲線、抛物線いずれによるにせよ、砲弾はもうけっして地球にも月にも出合うことはないということだった。

ところで、いったいこれらの勇敢な旅行者たちは、近い将来どうなるであろうか？　彼らが飢えて死ななくとも、喉がかわいて死ななくとも、そのうちいつか数日後には、ガスが欠乏し、空気がなくなって、たとえ寒さで凍え死にしなくても、そのために死んでしまうだろう！

ところが、ガスを節約することがいかに大切であろうとも、周囲の温度の急激な低下のために、ある程度のガスは消費しなければならなかった。しかし、きびしくすれば、熱量はともかくとして、あかりはなければなくともすませた。それに、はなはだ幸いなことに、レイゼとレニョーの機械でつくりだされた熱量が、砲弾内の温度をいくらか上げてくれたのである。それゆえ、それほどガスを消費しなくてもある程度の温度を保ちえたのである。

そのうちに、舷窓《げんそう》からする観測がひじょうに困難になった。砲弾の内部の湿気が窓ガラスの上に凝結して、たちまち厚くなったからである。そこでなんどもガラスを擦《こす》って、その不透明をとり除かねばならなかった。ところが、もっと興味のある、ある現象に気づいたのである。

じじつ、もしかしてこの目に見えない月の円盤に空気があったとしたら、流星がその弾道で、この円盤に縞目をつくって走るのが見られるはずではなかろうか？　もしも砲弾そのものが、それらの流動する気層を通っているのなら、月のこだまとなって反響してくる音、たとえば嵐のさけびとか、雪崩《なだれ》の音とか、活火山の爆発とか、そういった音が聞こえてくるはずではなかろうか？　もしも噴火している山が火を噴き出しているならば、それらの電光が見えはしないだろうか？　こうした事実を注意ぶかくして確認できたら、月の構成についての不明な個所がはっきりと解明されるのである。それゆえバービケーンやニコールは、天文学者のように舷窓に寄って、忍耐づよく観察していたのであった。

しかしいままで月は沈黙を守り、勇敢な人々が提出した複雑な質問に答えてくれなかったのである。

ミシェルの考察が喚起したことは、表面上あきらかに正しかった。すなわち、「もしもわれわれがふたたび旅行をはじめるとしたら、月が新月のときを選んだほうがいいわけだ」というのである。

「じじつそのほうが、ずっとつごうがいいね」と、ニコールが答えた。「たしかに太陽の光線の中に浸っている月は、飛んでいるうちは見えないだろう。その代わりに満ちている地球が見えるだろう。それに、いまこうやってしているように月の周囲に引っ張られていったとしたら、少なくともわれわれは、この目に見えない円盤がすばらしく照りつけられているのを見られる利益があるわけだ！」

「よくいってくれた、ニコール君。そのとおりだよ。バービケーンは、どう思うかね？」

「わたしの考えはね」と、バービケーンは答えた。「かりにわれわれがこの旅行をふたたびやりなおすとすれば、また同じ時期、同じ条件のもとに出発するね。もしわれわれが目的地に達したと仮定したら、こんなまっ暗な闇の中に浸っているよりも、あかるく照りつけられている月世界を見るほうがどんなにいいかわからないだろう。われわれの最初の設定が、最良の状態でなされなかったのではあるまいか？　たしかにそうだ。目に見えない側については、われわれの月世界の探検旅行の途次《とじ》に訪ねることにしよう。つまり、満月のときというのはうまい時期を選んだわけであって、ただその目的に達するには道を逸《そ》れるようなことがないようにするのが肝心さ」

「そういわれれば、なにもいうことはない」と、ミシェル・アルダンはいった。「しかしながら、月の反対側を観察する絶好のチャンスは逸《いっ》したわけだ！　ところで、他の天体の住民たちは、地球の学者たちがその衛星にたいする場合よりも、はるかに進歩しているのではなかろうか？」

このミシェルの注意には、容易に答えることができた。べつの衛星に関しては、その最短距離によって、簡単に次のようであった。土星、木星、天王星は、もしそこに住民が存在したとしたら、それぞれの月とぞうさなく交通することができた。木星の四つの衛星は、それぞれ四三万三〇四〇キロメートル、六八万八四〇〇キロメートル、八六九万八八〇〇キロメートル、一九二万五二〇キロメートルの距離で牽引されていた。しかしこれらの距離はいずれも惑星の中心から測ったのであるから、その半径を除去すればよかった。その半径は六万八〇〇〇から七万二〇〇〇キロメートルしかないのだから、その第一の衛星は、月が地球の表面から離れているよりも木星から遠くはなかったのである。土星の八個の月に関しては、四個だけが同様に、はるかに近かった。ディアナは三三万八四〇〇キロ、テティスは二五万一八六四キロ、アンセラードは一九万二七六四キロ、そしてミマスは一三万八〇〇〇キロにしかすぎなかった。天王星の八個の衛星中、その最初のアリエルは、惑星から二〇万六〇八〇キロメートルしか離れていなかった。

それゆえこの三つの天体については、バービケーン会長のしたような実験がおこなわれた場合、その困難の度合は少なかった。そこで、もしかりにそこの住民が冒険を試みたとしても、おそらく彼らはその衛星の半球の構造しか見られないわけで、衛星は永久にその姿を彼らの目から隠していることだろう。もちろん彼らが、その天体を立ち去らないかぎりは、地球の天文学者よりも進歩していることはありえない。

このあいだに砲弾は、暗闇の中に測り知れざる弾道を描いていたが、相変わらずその目標はきまらなかった。その方向は月の引力の影響とかそのほかの天体の活動によって変化したであろうか？　そのことについてはバービケーンは、なにもいうことができなかった。しかし、砲弾の位置について変化が起きたことを、バービケーンは朝の四時ごろになって認めたのである。

その変化というのは、砲弾の底部が月の表面のほうに向いたということ、つまり月の直径にたいして垂直になって飛んでいるからである。月の引力、すなわち重さが、このような変化をひき起こしたのだ。これは砲弾の最も重たい部分が、まさに月に向かって落ちようとするように、その目に見えない月のほうに傾いたわけである。

では、月に落下するのだろうか？　旅行者たちは、ついに待望の目的を達しえられるのだろうか！　いや、そうではなかった。目標点の教えるところによれば、砲弾は月に近づくどころか、ほとんど同じ中心点で一つの曲線を描いていたのだ。

この目標というのは、ニコールがとつぜん黒い円盤でつくられた水平線の果てに認めた、明るい輝きであった。それは、星と混同されるようなものではなかった。すこしずつ大きくなってゆく赤っぽい白熱であって、砲弾が月のほうへ移行していることを明示すると同時に、普通に月の表面に落下するのではないことを示していた。

「噴火だ！　活動している火山だ！」と、ニコールがさけんだ。「月の内部から火を噴いているんだ。だから、この世界は、まだぜんぜん死んじゃいない」

「そうだ！　噴火だ」と、夜光眼鏡でこの現象を注意ぶかく眺めていたバービケーンが答えた。「もしあれが噴火でなかったならば、いったいなんだろうか？」

「そうだとすると、燃焼しつづけるには空気が必要なわけだね」と、ミシェル・アルダンがいった。「つまり、大気が月の一部を覆っていることになる」

「たぶんね」と、バービケーンが答えた。「しかしかならずしも必要とはかぎらないんだ。噴火は、ある物質の分解作用によっておのずから酸素を供給し、空間に焔《ほのお》を噴き出すこともありうるのだ。その突燃は、物質の燃焼が酸素内でおこなわれるとき、強度と照明をもつように思われる。それゆえ、早急に月に気圏があると断定するのはよろしくないさ」

噴火している活火山は、この目に見えない月の部分の約南緯四五度に存在しているはずだった。しかし、バービケーンがはなはだ不快に感じたことは、砲弾が描いている曲線は、それを噴火地点から遠方へと導いていることだった。それゆえ、この自然現象を正確に決定することはできなかった。この光点が目に見えはじめてから三〇分後には、それは暗い水平線の彼方に消えてしまった。しかしながら、この現象を認知したということは、月世界の研究上、重大問題だった。それはまだこの月の内部においては熱気が消散していないことを証拠だてるものであり、そこにまだ熱が存在するとすれば、植物も動物も生存しうることを肯定することであって、今日《こんにち》に至るまでその破壊的作用に抵抗してきたのではなかろうか？　地球の学者たちによって異論なく認められたこの噴火山の存在は、おそらく月世界に人間が住みうるという重大問題に有利な理論を与えることであろう。

バービケーンは、このような考えに耽《ふけ》っていた。彼は月世界の不可解な運命について、われを忘れて夢想していたのだ。このようにして彼が、いままで観察していた諸事実をあれやこれやと考えていたとき、とつぜん新しい事件が彼を現実へとひき戻したのである。

その事件は、一つの宇宙現象以上のものであった。それは、その結果が恐ろしく破壊的な、危険きわまりないものであった。

とつぜんそのふかい暗闇の中に、大きな塊《かたまり》が現われたのだった。それは月のようであり、白熱の月であって、空間の暗黒をはっきり照らし出すほどの強烈なものであった。このまるい形をした塊は、砲弾を浸すほどの光を投げかけていたのである。バービケーン、ニコール、ミシェル・アルダンの顔は、いずれもその白い光線に烈《はげ》しく照らされて、蒼白くどんよりして、まるで幽霊のようだった。

「これはたいへんだ！」と、ミシェル・アルダンがさけんだ。「この降って湧いた月は、いったいなんだね？」

「隕石《いんせき》さ」と、バービケーンが答えた。

「空中で燃えあがっている隕石なのかね？」

「そうなんだよ」

この火の球は、実際一つの隕石だった。バービケーンは間違えはしなかった。しかしそれらの宇宙の流星は、地球から観察した場合、その光は月よりも劣るけれども、このエーテルの暗闇ではかなり光っていた。それらは、彼ら自身の中に白熱の本源をもっていたのだ。周囲の空気は、それらの急燃にかならずしも必要ではなかった。じじつ、ある流星は地球から一二キロほど離れた気層を走っているが、べつの流星は気圏のひろがりの外で軌道を描いていた。このような流星は一八四四年十月二十七日に、五一二キロほどの高所に現われたことがあるし、一八四一年八月十五日にはまたべつの流星が、七二八キロメートルも隔たった空中に姿を没したことがあった。これらの流星のあるものは三、四キロメートルの幅があり、地球の回転運動と反対の方向に、秒速七五キロメートルまで出すことができた。

この、少なくとも四〇〇キロメートル離れた暗闇にとつぜん現われた流星は、バービケーンの計算によれば、直径二〇〇〇メートルはあるにちがいなかった。それは、約一秒間に二キロメートルの速度で進んでいた。そして、それは砲弾の進路を断《た》ち、数分間のうちには到達するにちがいなかった。近づくにつれて、それはだんだんと大きくなっていった。そのときの旅行者たちの立場を、もしできるなら想像してみるがいい。それを記すことは不可能だった。この危険を前にしては、いかに彼らが勇気があり、落ち着きがあり、のんきであろうとも、恐ろしい不安に捉えられて、手足がすくみ、無言で、その場に釘づけになったままだった。

進路をそらすことのできない砲弾は、反射炉の開かれた口のように高熱の火の塊めがけて、まっすぐに進んでいった。それはあたかも、断崖から火の底に落ちるようだった。

バービケーンは、仲間二人の手をとった。三人とも、この白く熱した流星を、半ば目を閉ざして眺めていた。もしも、まだものを考える力が彼らの中にあったとすれば、彼らは、これでいよいよお陀仏《だぶつ》だと感じたことであろう！

流星がとつぜん出現して二分ののち——それは苦悶の二世紀にも相当したが！——砲弾

は、まさにそれに衝突するばかりだった。そのとき、その火の球は、爆弾のように破裂した。が、この宇宙にあっては、いかなる音響も立たなかった。なぜなら音は気層の振動でしかなかったから、ここでは生じないのである。

ニコールは、思わずさけんだ。みんな急いで、舷窓のガラスに駆け寄った。なんという光景だろう！　筆紙に尽くしがたいとはこのことで、いかなるパレットもこの偉大な光景の色彩を出すことはできないであろう？

それは、火口の爆発のようでもあり、大火の炎上にも似ていた。たくさんの焚木《たきぎ》に火が点じられ、その焔《ほのお》が宇宙に縞目《しまめ》をつくっていた。あらゆる色彩と、それがつくる陰影がそこには見られた。黄色、うこん、赤、みどり、ねずみ色の発光、それは色とりどりの打上げ花火のようだった。その巨大な恐るべき球体は粉々になって、こんどはそれぞれが隕石となり、四方八方に分かれて飛び散った。あるものは剣の刃のようにぴかぴか光り、あるものは白い雲にとりかこまれ、またあるものは空の塵挨《じんあい》をきらきらさせながら、うしろに長く尾をひいていた。

これら白熱化した塊は、たがいにぶつかりあい、さらに小さい破片となって飛び散った。そしてそのあるものは砲弾に当たった。はげしい衝撃を受けて左舷のガラスが割れた。砲弾は霰《あられ》のように降りかかる砲弾の中を浮遊しているようだった。その最小のものでも砲弾を粉砕してしまうだろう。

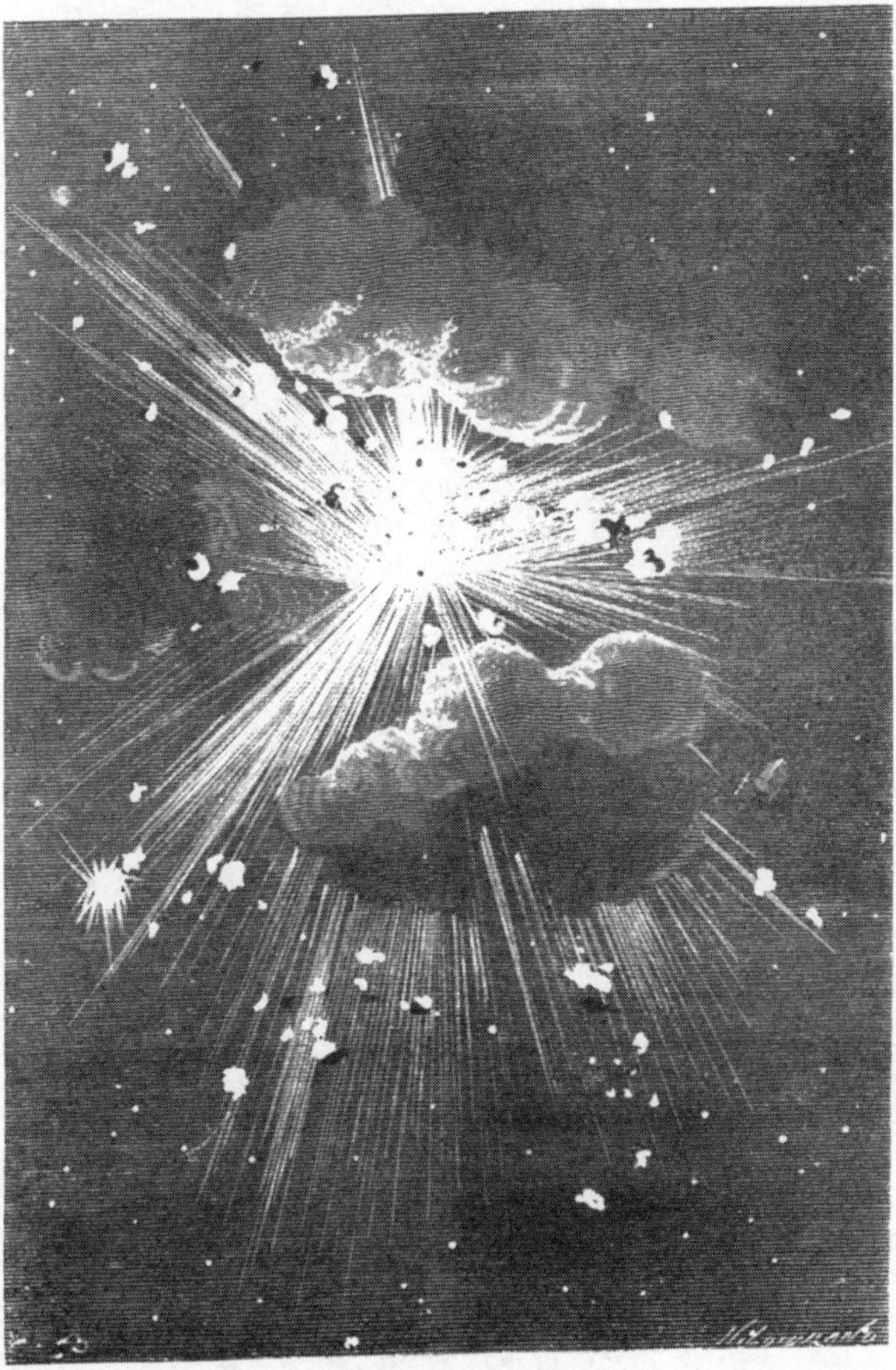

エーテル内に満ちている光は、だんだんと濃度を増していった。というのは、小さな隕石が四方八方に飛び散っていたからだ。あるときはそれがじつに激しく、ミシェルはバービケーンとニコールとをガラス窓に引っ張っていって、思わずこうさけんだほどだった。

「いままで見えなかった月が、とうとう見えた！」

三人は、瞬間的な光芒《こうぼう》によって、人類の目がはじめて接するこの神秘に閉ざされた円盤をかいま見たのだ。

彼らはいったい、この計り知れない距離を隔ててどんなものを見たであろうか？　円盤に沿って、ごく制限された気圏の中につくられたほんとうの雲の塊がいくつか浮かび、それらの雲に山々や、そのほかの起伏が顔を出していた。そしてその月の表面には、円谷や、ぽっくり口をあけている噴火口が、おのおの勝手気ままに散在していた。あとは広いひろがりで、それは不毛の野原ではなくほんとうの海で、そのひろびろした海面は、空間の目もくらむような火の魔術を鏡のように反射していた。最後に大陸の表面には暗い塊がひろがっていて、急速に走る光の照明によって、そこに大きな森が現われてでもくるようだった……。

これは幻影であろうか、それとも視覚の誤りであろうか？　このような皮相的な観察に、科学的な肯定を与えることができるだろうか？　このように目に見えない面がほんのすこし見えたからといって、居住可能性の問題について意見を述べることができようか？

まもなく宇宙の閃光はしだいに弱まってゆき、この突発的な光明は、小さくなっていった。隕石はそれぞれの方向に消え失せ、遠く見えなくなっていった。ついにエーテルは、いままでの暗がりをとり戻し、星は瞬間的に光を消していたが、ふたたび輝きはじめ、ちょっと顔を出した月の円盤は、またもや深い闇の中に姿を没してしまった。

16　南半球

砲弾は、予期しなかった恐ろしい危険から脱した。このような流星に出合うとは、だれが想い描いたであろうか？　このことは旅行者たちに、危険の恐るべきことを改めて教えた。それらは、彼らにとってはエーテルの海にばらまかれた暗礁《あんしょう》のようなものであって、航海者よりも不運な彼らは遁《のが》れるすべがなかったからだ。しかし、これらの宇宙の冒険者たちは、みずからの不運を嘆いているだろうか？　いや、違う。なぜなら自然は彼らに、恐ろしい爆破によって光り輝いた、すばらしい宇宙の隕石の光景を与えたからだった。そしてルッジエーリのような男でも真似することのできない、この稀にしか見られない花火によって、わずか数秒間でも月の目に見えない部分を見ることができたのだから。その瞬間的な光明《こうみょう》の中に、大陸や海や森林が、彼らの目の前に現われたのだった。ところで気圏は、この未知の面に生命を与える分子をもたらしたであろうか？　これはいまだに未解決な問題であり、永久に人類の好奇心の前に提出されている問題である！

いま、ちょうど午後三時半であった。砲弾は月の周囲を弧線を描いて進んでいた。その軌道は、流星のためにもう一度左右されたであろうか？　その危険はたぶんにあった。しかし砲弾は、合理的な力学の法則によってはっきり定められた曲線を描くはずだった。バービケーンによれば、その曲線は、双曲線というより抛物《ほうぶつ》線であると思いたいようだった。しかしながら、もしそれが抛物線なら、砲弾は早急に、太陽に相対《あいたい》している空間に投じられた本影から飛びだすはずだった。じじつ、月の角度で測った直径は、太陽の直径に比較すれば小さいもので、その本影はひじょうに狭いのだ。ところが現在までのところ、砲弾はこのふかい闇の中に漂っているのだ。なるほどその速力がどのくらいかはわからないが、けっして並大抵の速力ではないはずなのに、その隠蔽《いんぺい》の状態が長すぎた。それは明白な事実であった。しかし。おそらくそれは、厳密に抛物線の軌道であるとの理由にはならなかった。ここにまた、あらたにバービケーンの頭を悩ます問題があった。

どの旅行者も、すこしも休息することは考えなかった。いずれも、天体学の研究に新しい光を投げかける新事実が現われるのを待ち受けているのだ。五時ごろになって、ミシェル・アルダンは、夕食だといってパンと冷たい肉とをみんなに与えたが、だれも蒸気の凝縮で絶えずかすが溜まる舷窓《げんそう》のそばを離れずに、それを食べおわった。

午後五時四十五分ごろ、望遠鏡で見ていたニコールが、月の南極のかなた、砲弾の進んでいく方向に、なにか光っているものが空の暗いスクリーンの上に浮かんでいるのに気づいた。それは震えている線のような輪郭を見せている、鋭いピストンのつらなりだった。

それは、はなはだ強烈に光っていた。月が八分儀の一つの中に見えたとき、それは月の末端の輪郭だった。

疑いもなくそれは、もはやたんなる流星ではなく、その光っている尾根筋は、動きも色彩もなかった。それは、活動している噴火口ではなおさらなかった。そのときバービケーンは、すこしの躊躇《ちゅうちょ》もなくこうさけんだ。

「太陽だ！」

「なんだって！　太陽だって！」と、ニコールとミシェル・アルダンは問い返した。

「そうなんだよ、諸君。あれは月の南端の山々の頂上を照らしつけている太陽そのものなんだ。あきらかにわれわれは、月の南極に近づいている！」

「では、われわれは、北極を通過したのち、わが衛星を一まわりしたわけなんだね！」と、ミシェルがいった。

「そのとおりだよ、ミシェル」

「では、双曲線でも抛物線でもなく、恐るべき外向曲線でもないわけだね！」

「そうなんだ、内向曲線なんだ」

「なんという曲線かね？」

「楕円だ。遊星間に消えてなくなる代わりに、おそらく砲弾は、月のまわりに楕円の軌道を描こうとしてるんだね」

「ほんとうかね！」

「月の衛星になるわけだ」

「月の月だ！」と、ミシェル・アルダンはさけんだ。

「ただ、いっておくが、このために危険が去ったわけじゃないよ！」と、バービケーンはいった。

「そう、べつな方法でね、もっと愉快なやり方でね！」と、ものに動じないフランス人は、愛嬌笑いを浮かべて答えた。

バービケーン会長のいうことはもっともだった。砲弾は楕円形を描きながら、衛星のまた衛星となって月の周囲を、引力にひきつけられて、おそらく永久にまわるであろう。それは太陽系に加わった一個の星であり、三人の住民の住む小宇宙であって、そのうちまもなく、空気の欠乏によって、これらの住民は滅亡するであろう。それゆえバービケーンは、遠心力と求心力の二つの影響力を受けている砲弾の決定的な状態を、けっして喜ぶわけにはいかなかった。彼とその仲間とは、月の明るい面をふたたび見ることになるだろう。おそらくその存在は、彼らが太陽の光線によってすばらしい輝きを見せる満ちた地球を見る最後のときまでつづくであろう！　そして彼らはこの地球に最後の別れを告げ、もはやふたたび見ることはあるまい！　それから彼らの砲弾は、無力な隕石のような、死に絶えた一個の塊にすぎなくなり、エーテルの中をぐるぐるまわりつづけるであろう。彼らにとっての唯一の慰みは、やっとこの計り知れない闇を立ち去ることであり、ふたたび光の世界に還《かえ》ることであって、太陽の光に満ちている地帯に還ることであった！

そのうちに、バービケーンの見た山々は、しだいしだいに暗闇の塊から浮き出てきた。それは、月の南極地帯付近にそびえ立っているドアーフェル山脈や、ライプニッツ山脈であった。

目に見える半球の山々は、すべて正確に測られてあった。おそらくだれでも、その完璧なまでの正確さに一驚《いっきょう》するであろう。しかしながら、その測高の方法はきびしいものであった。月の山々の標高は、地球の山々の標高よりも正確にきめられていないわけではなかった。

一般にひろく使われている方法は、観察のときの太陽の高さを斟酌《しんしゃく》して、山々の投影をはかるのである。この計算は、月の円盤の直径が正確に知られているものと仮定して、二本の平行線がレンズにある望遠鏡を用い、容易に得られる。同時にこの方法によって、月の火口や空洞の深さも計算できるわけだ。ガリレイがこの方法を用い、じらいベーアとメドラーもこれを用いて大成功をはくした。

もう一つは、接触光線を使う方法で、これによっても月の起伏をはかることができる。これは山々が、光と影を分離する線から離れた、月の表面の暗い部分の中に輝く光る点線となるときに使われる。これらの光の点線は、月の面の端を示す光線よりも上部の光線によってできるのである。そこで、この光の点線と、それに最も近い月の面の光った部分のあいだの暗い間隔を測れば、正確にその点の高さが得られるのである。しかしすぐわかることだが、このやり方は光と影を分離する線に近い山々にしか適用できないのである。第三の方法は、バックを背にして浮き出た月の山の横顔をマイクロメーターで測るものである。しかしこの方法は、月の端に近い高地にしか適用されないのである。

いずれにしても、影あるいは間隔あるいは横顔を測るのは、観測する人にとっては、太陽の光線が斜めに月に当たったときにだけ実際にできるのだということに、読者は気がつかれたであろう。光線が月にまっすぐに当たったとき、一言でいえば、満月のときは、影はすべて否応《いやおう》なしに月の表面から消え、観測はもう不可能になる。

月に山の存在することを認め、最初にこれを測ったガリレイは、その高さを計算するのに、投影の方法を使った。そしてすでに述べたように、彼は月の山々に、平均四五〇〇トワーズ（八七七一メートルに当たる）の高さがあるとしたのだった。ヘヴェリウスはこの数字をずっと減少させ、リッチョーリはこれを二倍にした。これらの人の測ったものは、両方とも極端だった。完成した器具をそなえたハーシェルは、測高術によって得ることのできる真理にずっと近づいていった。しかしその真理は、究極において、近代の観測家たちの報告に求めねばならないのである。

世界でも最も完全な月理学者であるベーアとメドラーは月の一〇九五の山を測定した。

彼らの計算の結果、月の山のうちで六つが五八〇〇メートル以上、二二が四八〇〇メートル以上の高さにそびえていることがわかったのである。月で最も高い山頂は七六〇三メートルであり、これは地球のいくつかの山頂よりは低いのである、その地球の山頂のあるものは、五〇〇〇ないし六〇〇〇トワーズはそれらの月の山頂より高いのである。しかし、一つ当然注意を求めておかなければならない点がある。それは、もしこれらの山を月と地球のおのおのの体積に比較するなら、相対的には月の山は地球の山よりずっと高いのである。月の高い山々は月の直径の四七〇分の一であるのにたいして、地球の高い山々は地球の直径の一四四〇分の一にすぎないのである。地球の山が月の山の割合に達するには、その垂直の高度は二八キロメートルにならなければならない。ところが、最も高いものが九キロメートルなのである。

このことを認めたうえで比べるなら、ヒマラヤ山脈には月の山頂よりも高い山頂が三つある。すなわち、高さ八八三七メートルのエベレスト山、高さ八五八八メートルのカンチェンジュンガ山、それに高さ八一八七メートルのダウラギリ山である。月のデルフェル山とライブニッツ山の標高は、同じヒマラヤ山脈のジュワー山の標高に等しい。すなわち七六〇三メートルなのである。ニュートン山、カサテュス山、クルティウス山、ショート山、ティコ山、クラヴィウス山、ブランカニュス山、エンデュミオン山、コーカサス地方の主な山頂、そしてアペニン山脈などは、高さ四八一〇メートルのモンブランよりも高い。モンブランと同等の高さのものは、モレ山、テオフィール山、カタリナ山などである、四六三六メートルのモンローズと同等のものは、ピコロミニ山、ウァーナー山、アルパピュス山などである、高さ四五二二メートルのマッターホルンと同等のものはマクローブ山、エラトステーヌ山、アルバテック山、デランブル山などである。三七一〇メートルの高さにそびえるテネリック峰の頂上と同等のものは、ベーコン山、ツイサテュス山、フィロラウス山、それにアルプスの山々の山頂などである。ピレネー山脈中の、モンペルデュと同等のもの、つまり三三五一メートルと同等のものは、レーマー山、ボギュスラウスキー山などである。高さ三二三七メートルのエトナ山と同等のものは、ヘルクレス山、アトラス山、フュルネリウス山などである。

月の高さを評価することができるような比較する地点は、こうした地点である。ところで、砲弾のたどる軌道は、月の山岳誌中でも最も美しい標本である山々がそびえている南半球の山岳地帯へ、まさしく向かいつつあったのである。

17　ティコ

午後六時、砲弾は南極の上空六〇キロメートル以内のところを通過した。この距離は、北極に接近した距離に等しかった。したがって、楕円形の曲線が正確に描かれていたのだった。

この瞬間に、旅行者たちは、ふたたび有益な太陽光線の放射の中にはいったのである。ゆっくり東から西へ動いていく星を、ふたたび彼らは眺めた。太陽は三たび喚声を上げて敬意を表した。光とともに、太陽の投げかける熱は、まもなく金属製の壁を通してはいってきた。窓ガラスもふたたび、いつもの透明さをとり戻していた。氷の層が魔法をかけられたように溶けたのである。ガスはすぐに節約のために消された。ただ空気の装置だけは、いつもの量だけガスを消費していた。

「ああ！」とニコールはいった。「いいものだね、この太陽の光線というものは！　長い長い夜のあいだ、月世界の人たちは、どんなに待ちどおしい気持ちで、太陽がふたたび現われるのを待つことだろう！」

「そうだ」と、この輝くエーテルとでもいうものを吸いこみながら、ミシェル・アルダンはいった。「光と熱、生命というものは、すべてそれにあるのだ！」

そのとき、かなり長めの楕円の軌道を描くように、砲弾はかすかに月の表面から離れようとしていた。もし地球が満月の位置にあったなら、バービケーンとその二人の友人は、その地点から地球に再会することもできたであろう。しかし地球は太陽の光滲《こうじん》の中に浸って、まったく見えなくなっていた。それ以外の、月の南部が示す光景が、当然彼らの視線を捉えていた。月は望遠鏡を使えば五〇〇メートルのところに眺められた。三人はもう舷《げん》窓《そう》を離れようともせず、この奇怪な大陸のこまかい点まで、すべてを記録していた。

デルフェル山とライブニッツ山は二つの別々の山塊を形成し、ほとんど南極にまで延びている。前者は南極にはじまって、月の東部を八四度の緯線に達し、後者は緯度六五度から、東部の縁を通って極地に達している。

気まぐれな形に輪郭を描くこの山々の尾根の上に、セッキ神父が指摘したような、目も眩《くら》むような白いひろがりが現われていた。この高名なローマ人の天文学者よりもさらに確信をもって、バービケーンはその性質を認めることができた。

「これは雪だ！」と、彼はさけんだ。

「雪だって？」と、ニコールはいった。

「そうとも、ニコール、表面から深いところまで凍った雪だ。どんなに強く光を反射するか見たまえ。溶岩の冷えたものは、こんなに激しい反射はしない。すると月には、水も空気もあるわけだ。わずかではあっても、その事実はもう否定できないのだ！」

そうだ、この事実は否定できなかった。そしてもしもバービケーンが、ふたたび地球に帰ることがあれば、彼のノートは、いろいろな月に関する観察のうちでも、重要なこの事実を証言することだろう。

デルフェル山脈とライブニッツ山脈は、円谷や環状の外壁などの列にとりかこまれた、普通の大きさの平原の中にそびえていた。この二つの山脈だけが円谷地帯でぶつかっている山脈である。比較的起伏の少ないこの二つの山脈にも、ところどころに鋭くとがった山頂がそそり立ち、その最も高い峰は七六〇三メートルの高さを示している。

しかし砲弾はそれらすべてを眺めおろし、表面の起伏は強い光の中に見えなかった。旅行者たちが目にしていたのは、荒々しく白と黒だけで、影のニュアンスも色のぼかしもなく、むきだしな色調の風景で、本源《ほんげん》の月の姿だった、というのは、その風景には散光《さんこう》というものがなかったからなのである。しかし、この荒れ果てた世界の眺めは、その奇怪さそのものによって、ひどく好奇心をそそりたてずにはおかなかった。暴風に吹き飛ばされてでもいるように、三人はこの渾沌《こんとん》とした地域の上をさまよい歩きながら、足下に山の頂《いただき》が次々と過ぎ去っていくのを眺め、穴を探し、溝をくだり、外壁に登り、神秘な穴をさぐり、あらゆる断層を測定しているのだった。しかし植物の痕跡も、市街のしるしらしいものもなく、あるのは地層の重なりと溶岩の流れと直視できないほどの輝きであって、太陽の光線を反射している巨大な鏡のような光沢のある噴出した岩石であった。生ある世界に属するものはなに一つなく、すべてが死の世界のものだった。そこでは、雪崩《なだれ》は山々の頂を転がり、音もなく深い谷底に呑《の》みこまれていくのだった。動きはあっても、その雪崩にはあの大音響がないのだった。

繰り返し観測をした結果、月の表面の縁のほうの土地の起伏は、中央部のものと形は違ってはいるが、同じ形体を示しているということをバービケーンは確かめた。同じようにまるい形に集まり、同じような地面の傾斜があった。しかし、地形が当然似てはいないはずだということは、考えることができた。じじつ中央では、月と地球のあいだに引いた線に従って、たがいに逆の方向に向く、両方の引力がまだ展性のある層皮に働いたのだった。これに反して縁のほうでは、月の引力は地球の引力にたいして、いわば垂直だったのである。その結果、この二つの条件で生まれた土地の起伏は違った形体となるように思われるのである。ところがそうではなかったのだ。したがって、月には月自身の組成と形成の原理があったのである。このことは「月に働きかける外的作用のうちどの一つも、月の起伏の生成には働いてはいない」という、アラゴのあの注目すべき命題を証明するものだった。

とはいえ、現在のありさまでは、この世界はまことに死の姿であり、かつてはここにも生命は存在したのだということは不可能であった。

しかし、ミシェル・アルダンは、廃墟の密集したものを認めたように思い、バービケーンの注意を促した。緯度八〇度、経度三〇度のところだった。かなり規則的に石の積み上げられた山で、巨大な城砦《じょうさい》の形をし、先史時代には水底であった、長い溝の一つを見下ろしていた。ほど遠からぬところに、アジアのコーカサス山に匹敵するような、環状のショート山が、五六四六メートルの高さにそびえ立っていた。ミシェル・アルダンは、相変わらずの熱狂ぶりで、それが城砦であることは「明白なことだ」と主張していた。眼下には市街の崩れた外壁が見えていた。そこここに回廊の穹窿《きゅうりゅう》や基壇《きだん》の下に倒れた二、三本の円柱が見え、遠くには、水道のパイプを支えていたにちがいないアーチ形がつづき、またあるところには、巨大な橋梁《きょうりょう》の柱がこわれて、溝の深い闇の中に落ちこんでいた。これらすべてを彼は見分けていた。しかしそれは、想像力にあふれた彼の視線とまことに空想的な望遠鏡を通して見たものなので、彼の観測は充分に用心しなければならないのである。しかし、二人の友人は見ようとはしなかったものではあるが、この快活な青年が現実のものを見ていたのではないと、あえて断言することがだれにできるだろう？

時間はきわめて貴重で、つまらない議論についやすことはできなかった、そのいわゆる月の街は、すでに遠くなり消えかかっていた。月の表面までの距離は大きくなりはじめ、地上のこまかい点は、ぼんやりまざりあった中に見えなくなりはじめていた。ただ、土地の起伏、円谷、火口、平原などは、依然として、その輪郭の線をはっきり浮きあがらせて

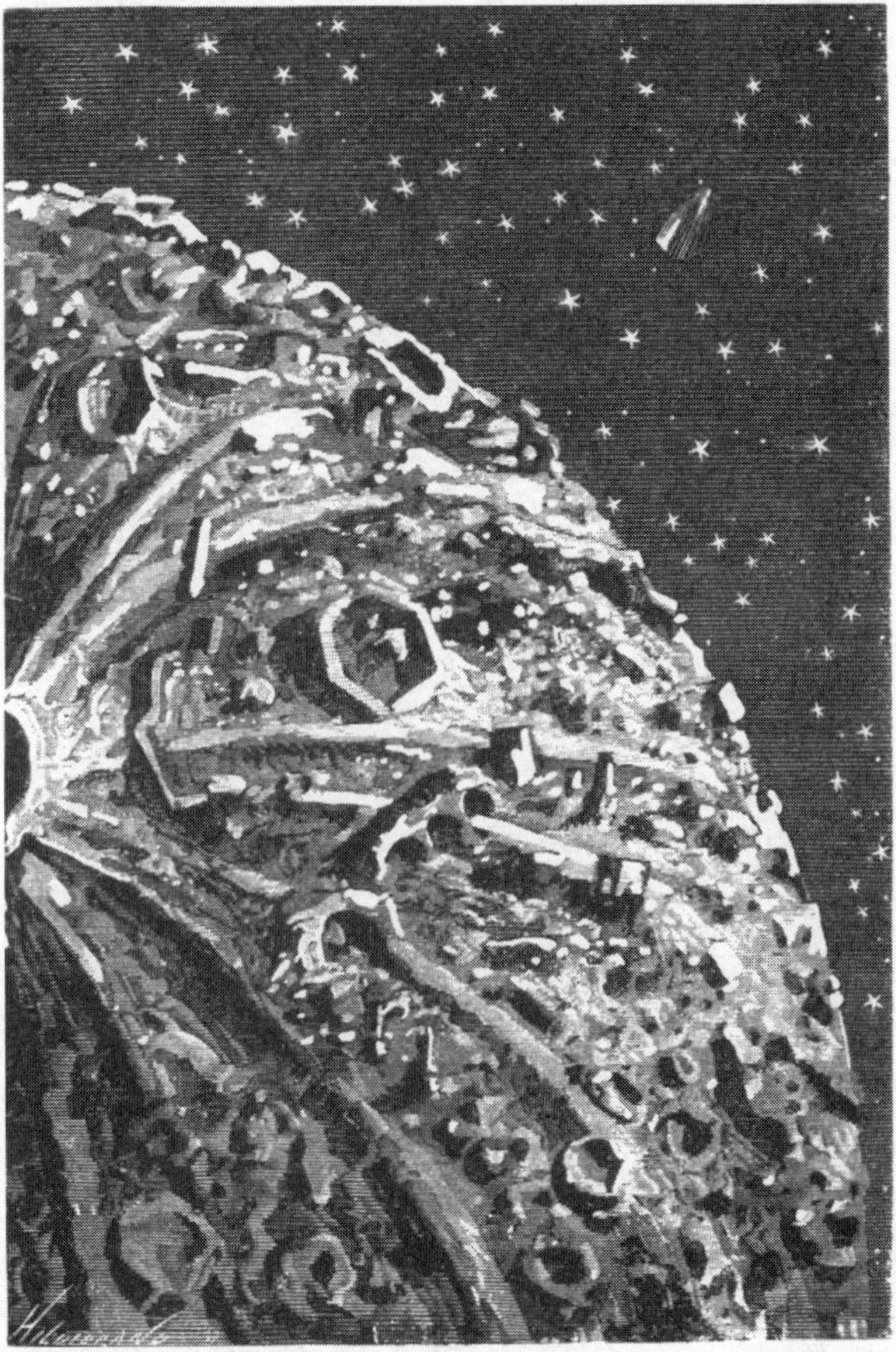

いた。

　このとき、左側に、この大陸の名所の一つである月の山岳誌上最も美しい円谷の一つが現われてきた。これはニュートン山であった。月地図を参照して、バービケーンは難なくそれと認めることができたのだった。

　ニュートン山は正確には、南緯七七度、東経一六度に位置している。環状の火口を形づくり、その火口の外壁は七二六四メートルの高さで、容易に越えることはできないように思われた。

　この山の周囲の平原から上の高さは、とうていその火口の深さに匹敵できないということを、バービケーンは二人の友人に指摘した。この大きな穴は、どうしても測ることはできず、太陽の光線さえその底にとどいたことのない、暗い深淵を形づくっているのだった。フンボルトの考察に従えば、そこには、太陽の光も地球の光も破ることのできない絶対の暗黒が領しているのである。神話学者たちなら、これを地獄の入口であるとするかもしれないが、それも理由のあることであろう。

「ニュートン山は」と、バービケーンはいった。「地球にはその標本となるべきものが一つもない、環状の山の最も完全な形なのだ。この形の山々は、月が冷却によって形成されたとき、ひじょうに激烈な状況にあったということを物語るものなのだ。なぜなら、内部の火の圧力によって、地上の突起は相当な高さに突き出るいっぽう、底部は月の水平面からずっと低く凹《へこ》んでいるからなのだ」

「ぼくもそのことは否定はしない」と、ミシェル・アルダンはいった。

ニュートン山を通過して数分後、砲弾は環状のモレ山を見下ろしていた。そして遠くに見えるブランカニュス山脈の山頂に沿って進み、午後七時半ごろにクラヴィウス円谷に達していた。

月の表面中にいくつかある円谷中でも最も注意すべきこの円谷は、南緯五八度、東経一五度に位置し、その高さは七〇九一メートルと測定された。月までの距離は四〇〇キロメートル、つまり望遠鏡によれば四キロメートルの長さに縮められる位置にあって、旅行者たちはこの大きな火口の総体を感嘆して眺めることができたのであった。

「地球の火山は」と、バービケーンはいった。「月の火山と比較すると小さな丘でしかないのだ。ヴェズヴィオ山とエトナ山の最初の噴火でつくられた円い火口を測ってみると、その幅はやっと六〇〇〇メートルなのだ。フランスのカンタル県の円谷は一〇キロメートル、円谷の島のセイロン島は七〇キロメートル、そしてこれが地球で最も大きい円谷だと考えられているのだ。現在われわれの見下ろしているクラヴィウス円谷に比べたら、このくらいの直径など、まるで問題にならないだろう?」

「それで、幅はどのくらいあるのかね?」と、ニコールはたずねた。

「二二七キロメートル」と、バービケーンは答えた。「この円谷は、じじつ、月で最も重要なものなのだ。しかしその他のものも、二〇〇キロ、一五〇キロ、一〇〇キロもあるのだ」

「ああ！　きみたち」と、ミシェルはさけんだ。「これらの火口すべてに轟音《ごうおん》が満ち、一度に、溶岩の急流、小石の雨、煙の雲、炎の滝を吐き出していたときには、この静かな月がどんなであったか想像できるだろうか！　どんなに驚くべき光景だったろう。そしていまは、なんというありさまになってしまったことか！　この月はもう花火のみすぼらしい残骸にすぎないのだ、爆竹《ばくちく》ものろしも蛇花火も車花火も、一度すばらしく輝いて、あとには、下絵のあさましい切れ端しか残していないのだ。これらの大激動の原因や理由や証拠を、だれが告げることができるだろうか？」

バービケーンはミシェル・アルダンのいうことを聞いてはいなかった。大きな山々で何リューかの厚さにつくられたクラヴィウス円谷の外壁を、彼は凝視していた。その広大な穴の底には、消えた小さな火口が一〇〇個ほどあり、また標高五〇〇〇メートルの山頂が、網杓子《あみじやくし》のように地面にあいたその火口を見下ろしていた。

周囲の平原は、荒涼たる姿を呈していた。この土地の起伏よりも不毛なものはないだろう。山々のこの廃墟ほど、またもしこういえるなら、地面を覆っている山々や峰々のこの断片ほど悲しいものはあるまい！　月はこの地点で爆発したように思われるのだった。

砲弾は相変わらず前進をつづけ、月の渾沌とした姿はすこしも変わらなかった。円谷や火口や崩壊した山が絶えまなくつづいていた。もう平原も海もなかった。限りなくつづくスイスでありノルウェーであった。そしてついに、この亀裂のはいった地域の中心に、しかもその最高潮の地点に、月の表面で最も輝かしい山、まばゆいばかりのティコ山が現われた。後世代は長くこの有名なデンマークの天文学者の名を保持しつづけるであろう。

晴れた空に満月を眺めるとき、南半球のこの輝く点に気づかない人はあるまい。ミシェル・アルダンはこの山を評するために、想像力が与えるかぎりのあらゆる比喩を使った。彼にとってはこのティコ山は、光の燃えたぎる炉であり、発光の中心であり、光線を吐き出す火口なのであった！　また、きらめく車輪の轂《こしき》であり、銀色の触手で月の表面をしめつけているひとでであり、光に満ちた目であり、プルートの頭のまわりに刻まれた後光であった！　そしてまた、それは、創造者の手によって投げられ、月の顔面に当たって崩れた一つの星なのであった！

このティコ山は、地球の住民が、四〇万キロの距離にあっても、望遠鏡なしで見ることができるほどに、光り輝く中心を形成しているのである。それゆえ、わずか六〇〇キロのところに位置していたこれらの旅行者の目には、その光の強さはどれほどであったか想像していただきたい！　純粋なエーテルを通して眺めるとき、その輝きは耐えがたいほどで、バービケーンとその友人は、その光に耐えるために、ガスの煙で眼鏡の接眼レンズを黒くしなければならないのだった。そして、無言のまま、かろうじて感嘆の間投詞をいくつか発しながら、彼らは眺め、凝視していた。ちょうど激しい感動を受けたときに、生命力がすっかり心臓に集中するように、彼らの全感情、全印象は、彼らの視線に集まっていた。ティコ山は、アリスタルコス山やコペルニクス山と同じように、放射線状の山の系統に属している。しかしその系統の山の中で最も完全であり、最も特徴の著《いちじる》しいこの山は、月がそれによって形成された、あの恐ろしい火山の作用を、まぎれもなく証言しているのである。

ティコ山は南緯四三度、東経一二度に位置している。そして幅八七キロメートルの火口がその中心を占めている。形はやや楕円形を示し、城壁のように閉じたその環状の外壁は、東部と西部では、五〇〇〇メートルの高さにそびえて、外部の平原を見下ろしている。これは、輝く髪をかぶせたモンブランをいくつも集めて、一つの中心のまわりに並べたものなのである。

比べるもののないこの山の姿、つまり、この山に向かって集まる起伏の総体や火口の内部のふくらんだ状態などは、写真すらもかつて表現することができなかったのである。じじつ、ティコ山がその最も輝かしい姿を示すのは満月のときなのである。すなわち、そのときには影がなくなり、遠近法による短縮法がなくなって、印画紙がまっ白になってしまうのである。まことに困った事情であって、それはこの不思議な地域は、写真の正確さによって再現しようという好奇心をそそるものがあるからなのである。しかしこれは、穴と火口と円谷と峰々の、めまぐるしい交叉にすぎず、見渡すかぎり、吹き出ものだらけの地面の上に投げひろげられた火山の網なのである。そのとき三人は、中央の噴火の泡立ちが、その最初の形を保っているのがわかったように思った。冷却して結晶したそれらの泡は、火成作用の影響を受けていたときの月の姿を固定していたのである。

ティコ山の環状の峰々と旅行者たちを隔てる距離はあまり大きくはなかったので、山々のこまかい点の主なものをいくつか書きとることができた。ティコ山の堀をつくっている盛り土の、内側や外側の勾配の波の上に、山々はもたれかかり、大きなテラスの集まりのように重なりあっていた。西の山々は東のものよりも三、四〇〇フィートは高いように思われた。地球上のどんな陣営の配置の組織も、この自然の要塞には比較できなかった。このようにまるい穴の底に建設されたなら、絶対に近づくことはできないであろう。

近づくことができない上に、絵のような起伏の多い土地の上に美しくひろがっているのである！　じっさい自然は、この火口の底を平坦でなにもないままにはしておかなかった。この火口は特別の山岳誌をもっていたのであり、それはその火口を一つの別世界とするような、山国の組織なのだった。月の建築物の中でも傑作のものを受け入れるように、巧まずして配置された、円錐丘や中央の丘や土地の注目すべき変化などを、旅行者たちははっきりと見分けることができた。あちらには寺院の場所が浮かびあがる、こちらには公会場の用地、ここには宮殿の基礎、そこには砦《とりで》の高台が。それらのすべてを、一五〇〇フィートの中央の山が見下ろしていた。広大なフィールドであった、古代ローマなら、一〇個もはいったであろう！

ミシェル・アルダンは、熱狂してさけんだ。

「ああ！　なんという偉大な町が、これらの山の環の中につくられたのだ！　静かな町、平和な隠れ場所、それらはすべて人類の悲惨なものの外にある！　すべての人間嫌い、すべての人類の敵、社会生活に嫌悪を感じたすべての者が、静かに、孤立して、そこに生きているのだ！」

「すべてだ！　それは、彼らにとってはあまりに小さすぎる！」と、ただ簡単にバービケーンは答えた。

18　重大な問題

そのうちに砲弾は、ティコの噴火口を通過した。バービケーンと二人の友とは、この有名な山が精巧をこらして四方八方に散開させている、輝いている数本の筋目を、細心綿密に観察した。

この光り輝く後光はいったいなんだろうか？　この火のように燃えている髪の毛のような筋目は、どういう地質学上の現象なのだろうか？　この問題は、当然バービケーンの心を占めていた。

じじつ彼らの眼下には、へりがめくれあがり、まんなかが凹《へこ》んでいる光線の畝《うね》が、あらゆる方角に延びていた。そのあるものの幅は二〇キロメートルから五〇キロメートルに及ぶものもあった。これらの光り輝く光の尾は、ある場所からティコを隔てる一二〇〇キロメートルのところにまで走り、それはとくに東、東北、北、南半球の半ばを覆っていた。そのうちの一つは、子午線高度四〇度に位置する、ネアンドルの円谷まで延び、もう一つはまるくなってネクタール海のほうへ走り、一六〇〇キロメートルほど走ったのち、ピレネ山脈に突き当たって屈折していた。そのほか西方へも幾本か光の網目が延びて、〈雲の海〉や、〈湿りの海〉を覆っていた。

ある程度の高さをもっている起伏のように、平原の上を走っているこれらの光まばゆい光線の原因はなんだろうか？ すべては共通の中心点、ティコの噴火口から発していた。ハーシェルは、まだ定説とはなっていないが、その輝いている表面を、寒冷のために凝結した往古の溶岩の層に帰していた。そのほかの天文学者たちは、これらの説明しがたい縞目の中に、ティコの形成時代に投げ出されたにちがいない堆石《たいせき》や、漂石《ひょうせき》の並列を認めた。

「どうしてそうでないといえるかね？」と、いろいろな意見を、ああでもないこうでもないと斥《しりぞ》けながら、それでもそれらを次々と列挙していたニコールが、バービケーンに向かっていった。

「なぜならば、これらの光の縞の整然としていることや、火山作用によるそれらの物質をこのような距離にまでもち運ぶに必要な烈《はげ》しい力は、説明しがたいね」

「へえ、これは驚いた！」と、ミシェル・アルダンが答えた。「これらの光の縞の起原を説明するなんて、たやすいように思われるがね」

「ほんとうか？」と、バービケーンがいった。

「なんでもないことだ」と、ミシェルは答えた。「それは大きな、星形のひび割れさ。ちょうど、厚ガラスの面に、石やボールが当たったときに生じるひび割れだと思ったらいい！」

「なるほどね！」と、バービケーンは微笑していった。「ではきくが、そのような衝撃を与えるに至った、石を投げつけるほどの強力な腕の持ち主は、いったい何者かね？」

「かならずしも腕を必要としない」と、落ち着きはらってミシェルは答えた。「石といったが、それが彗星《すいせい》であったっていいわけだろう」

「へえ！　彗星かね！」と、バービケーンはさけんだ。「あんまり彗星を濫用してもらいたくないもんだね！　ミシェル、きみの説明は悪くはない。しかし彗星じゃないね。この裂け目をつくった衝撃は、月の内部から来たもんだよ。月の地表が急激な冷却の作用を受けて烈しく収縮したとき、巨大なひび割れが生じたことはじゅうぶん考えられる」

「収縮か、それではそれにしておこう、つまり月の腹痛というわけだね」と、ミシェル・アルダンは答えた。

「それにこの説は、イギリスの学者のナスミスの意見でもあるんだ。彼の説は、月の山岳の光の放射についてかなりよく語っているようだね」と、バービケーンは付言した。

「そのナスミスって男もまんざらばかじゃないわけだな！」と、ミシェルは答えた。

旅行者たちは、よほどこの光景にあきなかったと見えて、いつまでもティコのすばらしい眺めに見入っていた。彼らの砲弾は、太陽と月からくる二重の発光を受けて、その光の放射に浸り、白熱の球のように見えたにちがいなかった。彼らはつまり、ひどい寒冷から一気に、たいへんな暑熱の中に移行したわけだ。このようにして自然力は彼らを月の衛星にするように思われた。

衛星になるのか！　この考えは、ふたたび月における生存可能の問題を呼びおこした。旅行者たちは、その目で実際に見たことによって、この問題を解決することができたであろうか？　賛否いずれにせよ、結論を下しえたであろうか？　ミシェル・アルダンは二人の友に向かって、それぞれの意見をはっきりと述べるようにと促し、月世界に動物界や人間社会が存在することについて彼らがどういう考えをもっているかと、率直にたずねたのである。

「われわれは答えられると思う」と、バービケーンはいった。「しかし、わたしの考えでは、このような形で質問が出されるのは好ましくないな。もうすこしべつの方法でやってもらいたいもんだね」

「きみにおたずねするとしよう」と、ミシェルはいった。

「ではいうが」と、バービケーンは答えた。「この問題は二つに分かれていて、一つの解決を必要とするんだ。月では居住しうるか？　それと、月ではかつて居住しえたことがあるか？　ということなんだ」

「よかろう。では、まず最初に、月では居住しうるかどうかをたずねるとしよう」と、ニコールがいった。

「ほんとうのところ、わがはいにはわからないんだ」と、ミシェルが答えた。

「わたしは否定的なお答えしかできない」と、バービケーンはいった。「月が現在ある状態を見るに、なるほど気層があるにはあるが、はなはだ稀薄で、大部分は水のない海であり、水が充分でないから植物はごく限られており、またその急激な寒暑の移り変わりといい、三五四時間ごとの昼夜の交替といい、やはり月は居住に適しないように、わたしには思われる。月は動物界の繁栄にも適していないようだし、人類の生存にももちろん不適当だ。以上がわたしの意見だが」

「わたしも同意見だ！」とニコールがさけんだ。「それでは月には、われわれとは違った組織の生物なら生存できるのだろうか？」

「この質問にたいしては、答えるのがたいへんむずかしい」と、バービケーンはいった。「しかしわたしは試みてみよう。では、ニコールにきくが、もし月の〝運動〟がその存在にとって必要欠くべからざる結果であるならば、その組織はどのようなものであるだろうか？」

「それはいうまでもないことさ」と、ニコールは答えた。

「では、いいかね。われわれは月を、せいぜい五〇〇メートルの距離で観察してるんだよ。そして、月の表面に動いているものはなにも見えないんだ、人類の存在っていうことは、適応性だとか、その構造や荒廃のために、みごとに裏切られた。ところで、われわれの目に映ったものはなんだね？　至るところ、いつも自然の、地質上の研究ばかりで、人間のつくったものなんかありゃしないじゃないか。もしかりに月に動物界の存在がありえたとしても、ふかい洞穴の中に潜りこんでいて、われわれの目では見えないのだろう。なぜならば、もしそうなら、その動物たちは、たとえそれほど厚くはなくても気層に覆われているはずだから、平原の上に通った足跡を残すはずだが、それがどこにも見えないんだ。そこで、生きている種属があるという仮定が許されるとすれば、その行動が不可解な生物ってことになるわけだね！」

「それじゃ、生きてない生物っていうのも同じじゃないか！」と、ミシェルがいい返した。

「そう、正確にいえば、われわれとしては意味のないことだ」と、バービケーンは答えた。

「では、われわれの意見を表明するとしよう」と、ミシェルがいった。

「そうしよう」と、ニコールがそれに応じた。

「では」と、もったいぶったミシェル・アルダンはいった。「大砲クラブの砲弾内に集まった科学委員会は、新たに観察したところの事実にもとづいて論議した結果、ここに月の現在居住可能の問題について、全員一致で結論を下すに至った。すなわち、『月は、居住不可能である』と」

この決定は会長バービケーンによって、十二月六日の会議の議事録に載っている手帳に記入されたのである。そのときニコールがいった。

「では、第一問の必然的な補足をなすところの、第二問に移るとしよう。月が現在居住不可能であるとしても、過去には人が住んでいたのだろうか？」

「会長バービケーンのご意見を伺いたい」と、ミシェル・アルダンがいった。バービケーンは、次のように答えた。

「諸君、わたしは、わが衛星の過去の居住可能の研究を、この旅行に期待してはいなかった。しかしその結果は、わたしのそれにたいする意見をいよいよ強固なものにしたのである。わたしは月が、われわれのような組織をもった人類によって居住され、地球上の動物と解剖学上同一の動物を生息せしめていたことを信じもし、断言もするものである。しかし、それらの人類なり動物なりは、それぞれの繁栄の時代をもってはいたが、永久に消滅してしまったことをつけ加えておく」

「では月は地球よりも古いというんだね？」と、ミシェルがたずねた。

「そうじゃない」と、バービケーンは確信をもって答えた。「急速に老成化した世界なんだ。その形成も変形も、じつに迅速だったんだ。それに関連して、物質を構成する力も、月の内部のほうが地球の内部よりも烈しいんだ。その表面の、ふかくえぐられ、起伏に富み、ふくれあがった現況が、よくそれを説明している。月も地球も、その起原は、ガス状の塊《かたまり》でしかなかった。そのガスが、さまざまな影響によって液体化した。そしてその後に、固い塊になったのである。しかし、かなりの確信をもっていえることは、われわれの地球がガス状態であり、また液体化していたときには、すでに月は冷却によって固くなっていたのであって、生物の生息しうる状態になっていたのだ」

「わたしもそう思うな」と、ニコールがいった。

バービケーンは、さらにつづけた。

「そのとき気圏が、そのまわりを包んだ。そのガス気体の覆いによって内蔵された水分は蒸発しなかった。空気、水、光、太陽の熱、地核の熱、それらの作用を受けて、植物は繁茂した。たしかにその時代には、生命力が存在したことと思う。なぜならば、自然は無意味に消費することはないし、巧みに住まいうるようにつくられた世界は、必然的に住まわれなければならないはずだったからだ」

「けれども」と、ニコールが答えた。「われわれの衛星の動きには固有のいろいろな現象があるが、そういったものが動植物界の繁栄の妨《さまた》げになりはしないだろうか？　たとえば三五四時間のようなものがね……」

「しかし極地ではそれが六か月つづくんだぜ！」

「それは議論にならない、極地には人が住めないんだから」

「ところで諸君」と、バービケーンはふたたびいった。「たとえ現在の月の状況から見て、長い昼夜が、人体組織にとって耐えがたい気温の差をつくっているとしても、既往《きおう》にさかのぼれば、かならずしもそうではなかった。気圏が、流動性の外被で月の表面を包んでいたのだ。そしてその自然のスクリーンは太陽の光線の熱を調節し、夜の光の放射を阻《はば》んでいた。光も、熱と同じように空中に拡散することができたのである。そこで、気圏がほとんどといっていいくらい完全になくなった現在においては、天体間のそういった感応力の均衡はもはや存在しない。それに、わたしは諸君をびっくりさせることがある……」

「いいから、びっくりさせたまえ」と、ミシェル・アルダンはいった。

「わたしの考えによると、月に人間の住まっていた時代には、昼夜が三五四時間もつづくようなことはなかったね！」

「それはまた、どういうわけで？」と、勢いこんでニコールがたずねた。

「なぜなら月の軸にたいする回転運動は、その公転運動と等しくないので、一五日間太陽の光線の動きにたいして月の円盤の各点が違うということは、たしかにありうるだろう」

「わたしもそう思う」と、ニコールは答えた。「しかしどうして二つの運動が等しくなかったのだろうか、現在はそうなのに？」

「なぜならばその同一性は、地球の引力によって定められるものだからだ。ところで、地球がまだ流動体でしかなかった時代には、地球の引力が月の運動を変えるほど、それほど強力であっただろうかね？」

「じじつ、月が常に地球の衛星であったのだとだれも断定できないからね？」と、ニコールもそれに応じていった。

「そして、月が地球よりも以前に存在していなかったとも、だれも断定できないね？」と、ミシェル・アルダンはさけんだ。

想像はそれからそれへと、限りない仮定の世界へと移っていった。バービケーンはそれを抑えようと思った。

「そういったことはまったく解決できない問題ばかりで、あまりに高等な理論すぎる。ただ地球の最初の引力が不十分であったことだけを容認するとしよう。そしてそのときは月の回転運動と公転とが一致しなかったために、その昼夜のべつは、現在地球でおこなわれているように、月でもおこなわれていたんだ。第一、こういう状態でなければ、生命は存在しえないわけだろう」

「そうだとすれば、人類は月から姿を消したというんだね？」と、ミシェル・アルダンがたずねた。

「そう、おそらく幾千万年も存続したあげくにね」と、バービケーンは答えた。「それから、だんだんと空気が稀薄になっていって、月の表面は住めなくなったのだろう。そのうち地球も、冷却によっていつかそうなるだろうよ」

「冷却によってだって？」

「たぶんね」と、バービケーンは答えた。「内部の火が消え、白熱の物質が凝集するにつれて、月の表皮は冷却したのだ。そして、この現象の結果は、すこしずつ現われていたのだ、組織体の物質の消滅、植物の消滅というふうに。やがて空気が稀薄になり、たぶん地球の引力によって奪い去られたのだと思う。呼吸するための空気の消滅、蒸発による水の消滅。居住不可能になった月は、もうそのころは何ものも生息していなかった。それは死の世界であり、今日われわれに現われているのがそれだ」

「それできみは、それと同じような運命が、地球にもくるというんだね」

「それは、大いに考えられることなんだ」

「では、いつごろ？」

「地殻の冷却が、人類を居住不能にするときさ」

「その時期が計算できるかね？」

「たぶんね」

「では、いってくれたまえ、縁起でもないことをいう学者先生！」と、ミシェル・アルダンはさけんだ。「ほんとに、じりじりしてくるよ！」

「では、申しますかな」と、落ち着きはらってバービケーンは答えた。「地球が一世紀間に、どれほど気温が減少しているかが、わかっているんだ。で、その計算によると、地球の平均温度がゼロになるのは、四〇万年後ということになる！」

「四〇万年後だって！」と、ミシェルはさけんだ。「ああ、これで安心した！　ほんとに、驚かされたよ！　きみのいうことを聞いてると、われわれ人類は、もう五万年も生存しえないのではないかと思った！」

バービケーンとニコールとは顔を見合わせて、その友の不安を思い、笑いを禁じえなかった。さてニコールは、結論を下すために、改めて第二の質問をみなにはかったのである。

「月に人間が住まったことがあるだろうか？」

答は、全員一致で肯定だった。

このような論争を交わしているうちに、砲弾は、正確に月の表面から離れていきながら、月の赤道線の方角をさして急速に走っていった。弾丸はヴィレムの円谷を越え、八〇キロメートルの距離を隔てて、四〇度緯線を過ぎた。それから、三〇度のところで、ピタティスを右に見送り、〈雲の海〉の南へ突入した。さまざまな円谷が、満月の皎々《こうこう》とした光の中に、ぼんやりと現われた。ブイヨだとかプールバッハとかは、ほとんど真四角な形で、中央に火口が大きく開いていた。それからアルザケルの円谷が、その内部をまばゆいばかりにきらめかせて現われた。

砲弾は、相変わらず離れつつあった。月の輪郭は、旅行者たちの目から消えてゆき、山山は遠くに靄んでいった。そして地球の衛星の奇妙で神秘的なすべてのものが、もはや彼らにとっては、忘れられない思い出でしかなくなったのである。

19　不可能にたいして闘う

バービケーンとその仲間は、かなり長いあいだ押し黙って、モーゼがカナンの地を眺めているように、もはや二度と帰るあてのない世界が、しだいに視野から遠ざかってゆくのを、感慨無量で眺めていた。月にたいする砲弾の位置はすっかり変わって、いまではその底部が地球のほうに向いていた。

バービケーンはこの変化に気づいて、少なからずびっくりした。もし砲弾が月の周囲を楕円形を描いて推進しているとしたら、なぜ月が地球にたいしてあるように、その重たい部分を月に向けないのだろうか？　それが不可解な謎だった。

月から離れてゆく砲弾の進行を観察すると、それは月に近づきつつあったときと類似している曲線を描いているのがわかった。それは、ひじょうに長く伸びている楕円形を描いていて、たぶん地球とその衛星との感応力が中和している、引力がともに等しい点にまで伸びているのだろう。

以上が、バービケーンの観察した事実にもとづいて引き出した結論であり、二人の仲間もともに彼と確信をわかち合った。

が、すぐに質問の雨だ。「その均衡点へ行って、いったいわれわれはどうなるだろう？」これが、まずミシェル・アルダンの質問だった。

「それは、未知の問題だ！」と、バービケーンは答えた。

「しかし、仮説は立てられると思うんだが？」

「二つある」と、バービケーンは答えた。「砲弾の速力がそれほどでなかったら、弾丸は永久に二つの引力の線の上でじっと動かないだろう……」

「もう一つの仮説のほうがいいな、たとえどんなことでも」と、ミシェルはいった。

「もし速力が充分あったら」と、ふたたびバービケーンはいった。「砲弾はふたたび月の周囲をまわりはじめ、それは永久につづくだろうよ」

「あんまり感心しない周転だな」と、ミシェルはいった。「いままでわれわれが侍女のように見馴れていた月の、卑しい下僕になるなんて！　これが、われわれを待っている明日の日か？」

バービケーンもニコールも、それには返事をしなかった。

「とうとう黙っちまったね？」と、じりじりしてきたミシェルはいった。

「答えることがないからさ」と、ニコールがいった。

「何も打つ手がないのかね？」

「ないね」と、バービケーンは答えた。「きみは、不可能なことにたいして挑戦しろというのかね？」

「どうして、そうしちゃいけないんだね？　一人のフランス人と二人のアメリカ人とが、どうしてその言葉の前に逡巡するんだね？」

「いったいきみは、どうしようっていうんだい？」

「われわれを引っ張ってゆくこの運動力を支配するんだ！」

「支配するんだって！」

「そうだとも」と、勢いこんでミシェルはいった。「制御したり、変更したり、われわれの意のままに使うんだ」

「どうやって、するんだ？」

「そりゃ、あんたの領分さ！　もしも砲手が弾丸を自由に扱えなかったら、そいつは砲手じゃない。もしも弾丸が砲手に命令を下すようだったら、砲手を、弾丸の代わりに大砲に詰めなくちゃならない。ほんとにりっぱな学者たちだよ、きみらは！　わがはいを誘いこんでおいて、あとはどうなるかわからないなんて！」

「誘いこんだって！」と、バービケーンもニコールも、いっせいに叫んだ。「誘いこんだなんて！　よくもそんなことが！」

「べつに、非難してるわけじゃないよ」と、ミシェルはいった。「ぼくは、不平をいってるんじゃない。旅行そのものも気に入ったし、砲弾も結構だ！　しかし、それが月でなくてもいいから、どこかへ落ちるように、人間としてできる最上のベストを尽くしてもらいたいんだ」

「ミシェル君、われわれだって、それ以外のものを求めてやしない。しかし、方法がないんだよ」

「砲弾の動きを、変えることはできないんですかね？」

「できない」

「速力を減じることも？」

「それも駄目だ」

「船で、あまり積みすぎたときよく積荷を棄《す》てさせることがあるが、それもできないんでしょうか？」

「どんなものを棄てるんだね」と、ニコールがきき返した。「われわれは、底荷などありゃしない。それに、荷の軽くなった砲弾は、いっそう速力を増すと思うんだが」

「速力は減るが」と、ミシェルはいった。

「いや、増す」と、ニコールも固執した。

「増しもしなければ、減りもしない」と、バービケーンが、二人の友を和解させるためにこういった。「なぜならば、われわれは空間を浮いてるんだよ。空間では、固有の重さなんかを斟酌《しんしゃく》する必要がないんだ」

「では、なすべきことは、一つしかない」と、ミシェル・アルダンが、きっぱりした口調でさけんだ。

「それは、なんだね？」と、ニコールはたずねた。

「食事さ！」といつも決まって最も困難な場合になると、この解決法によることになっている大胆なフランス人は、泰然自若としてこういった。

じじつ、この解決法が、砲弾の方向にたいしてなんらの作用もしないならば、そしてしかも胃にたいして効果があるというなら、そうしたってべつに悪いことはあるまい。けっきょくミシェルの考えは、悪くはないということになる。

そこで、朝の二時の食事ということになった。しかし、時間はもう問題じゃなかった。ミシェルは、いつもの献立表を用意した。食事に先立って、秘密の酒倉からご愛用の瓶をとりだし栓を抜いたが、それでもしいい考えが生まれなかったとしたら、一八六三年のシャンベル産ぶどう酒に失望したにちがいない。

食事が終わると、また観察がつづけられた。

砲弾のまわりには、一定の間隔をおいて、外部へ投げられた物が、その間隔を保っていた。砲弾は、あきらかに月の周囲の公転運動の中にあり、それ以外の気圏にはいりはしな

なのだ。

かった。なぜならば、それぞれの物体固有の重さに従って、その進み方に違いがあるから

地球のあるほうの側には、なにも見えなかった。地球は、前の晩の真夜中に新しくなって、一日が過ぎた。二日目は、太陽の光線から自由になったその上弦が、月の住民たちに時計代わりに役立ってくれた。なぜなら地球の自転運動は、常に二四時間のあいだ、月の同じ子午線にたいして、それぞれの点を示したからである。月の側のほうの光景は違って、たくさんのやはり清純な光を投げかけている星々のまんなかにあって、すばらしく輝いていた。その面を見ると、平原の部分はすでに、地球からよく見るような沈んだ色合を呈し、その他の部分は照り輝いていて、中でもティコは、まるで太陽のように、きわだって光っていた。

バービケーンは、どんな方法でも、砲弾の速度を知ることができなかった。しかし彼の理性によれば、その速度は力学の法則に従って、均等に逓減《ていげん》してゆくはずだった。

じじつ、砲弾が月のまわりに軌道を描いて進んでいるとすれば、その軌道はきっと楕円形であるはずだった。科学が、そうあるべきことを示している。引力の作用を及ぼす天体の周囲を運行している天体は、いずれもこの法則を免《まぬが》れなかった。宇宙空間に描かれている軌道はすべて楕円形であって、惑星のまわりの衛星の軌道、太陽をめぐる惑星のそれ、宇宙の中心軸となっている未知の天体のまわりを運行している太陽のそれも、やはり楕円

形であった。どうして大砲クラブの砲弾が、この自然の法則を免がれることがありえようか？

さて、楕円の軌道にあっては、引力の作用を及ぼす天体は、常に楕円の焦点の一つを占めている。それゆえ衛星は、それが描く円周の中心をなす天体に最も近づくときもあれば、最も離れるときもあった。地球が太陽に最も近づいたときは、それは近日点にあるわけであって、最も遠くに離れたときは、遠日点にあるわけだ。もしも砲弾が月の衛星となったとして、天体用語を豊富にするようだが、それらと類似した表現をもって説明すれば、砲弾は最も月に近い点で「近月点」にあり、最も遠く離れて「遠月点」にあるわけである。

砲弾は、その近月点にあるときは、速力の最高に達したときであり、遠月点にあるときは、速力が最小に減ったときである。ところで砲弾は、あきらかに遠月点に向かって推進しているのであって、その速力は遠月点に到達するまで減少し、それから月に近づくにつれて、すこしずつ速力が増してくるとバービケーンが判断したのは、もっともなことであった。

このようにしてバービケーンは、天体のさまざまな位置を研究し、その結果、どういう判断をとるべきかと探し求めていたとき、とつぜんミシェル・アルダンのさけび声で邪魔されたのである。

「えらいこった！　まったくわれわれは底抜けの大ばか者だったよ！」

「そうではないとはいわないがね、しかしなんだね、いったいそれは?」と、バービケーンがたずねた。

「われわれは、月から離れてゆくようなこの速力をおくらせる、ごく簡単な手段があるくせに、それを使わないんだからな!」

「その手段は、なんだね?」

「信管の中の後退力を使うことさ」

「なるほど、まだわれわれは、この後退力を使ったことはない」と、バービケーンは答えた。「が、そのうちに、使うことにしよう」

「それは、いつだね?」と、ミシェルがたずねた。

「使うときがきたらね。いいかね、諸君、現在砲弾が占めている位置は、月の表面にたいして、まだ斜めの位置だ。後退力に信管を使えば、進行する方向は変わるだろうが、月に近寄らずにかえって遠ざかってしまう。ところがわれわれの到達しようとしているのは、月じゃなかったかな?」

「ほんとにそうだ」と、ミシェルは答えた。

「そうだとしたら、待つんだね。砲弾はいま、説明しがたい感応力によって、底部を地球のほうへ向けている。おそらくは引力が均衡する点までくると、その円錐筒体の頭部は完全に月のほうに向けられるだろう。そのときは、きっと速力がゼロになる。そのときこそ信管の力を借りて、たぶん月の表面に直降下するきっかけをつくることができるだろうよ」

「そいつはいい！」と、ミシェルがさけんだ。

「なるほど理屈に合ってる」と、ニコールもいった。

「辛抱づよく待つことだ」と、バービケーンはまたいった。「果報は寝て待てだ。ずいぶん絶望したが、やっと目的地に達することができると思いこめるようになった！」

このような結論に達したので、ミシェル・アルダンは欣喜雀躍《きんきじやくやく》して喜んだ。そしてこれら大胆なばか者どものだれ一人として、いましがた「月にはたぶん住めない」と否定的な結論を下したことなどを思い出す者はいなかった。それどころか、それにもかかわらず、彼らは月に到達しようと、全力を尽くそうとするのだった！ 残された解決すべき唯一の問題は、正確にいつ砲弾が、旅行者たちが一《いち》か八《ばち》かを賭《と》してやってみようとしている、その引力の均衡点に到達するかということだった！

その瞬間を分秒に至るまで算出するために、バービケーンは、旅行のノートを参照し、月の緯度の上のさまざまの高度を挙げねばならなかった。それは、均衡点と南極とのあいだを運行するに要する時間が、北極と均衡点とを隔てる距離に要する時間に等しくなければならなかった。それらを運行するに要する時間は、入念に記録され、容易に計算された。

バービケーンは、その均衡点は砲弾によって、十二月七日から八日にかけての午前一時に達せられるであろうと算出された。ところで現在は、十二月六日から七日にかけての、午前三時だった。そこで、もし運行中に故障さえなければ、砲弾は二二時間中にその目的点に達するはずだった。

信管は最初、砲弾が月に落下する際の速度を弱めるために使用されるはずだった。ところがいま大胆な若者どもは、それとはまったく逆の効果を出すために、それを使おうとしているのである。何はともあれ、信管は用意されて、ただそれに火を点じるときを待つばかりになっていた。

「さて、何もすることがないから、一つ提言があるんだが」と、ニコールがいった。

「なんだね、それは？」と、バービケーンがたずねた。

「眠ることさ」

「へえ！」と、びっくりしてミシェル・アルダンはさけんだ。

「われわれは、四〇時間以上も、目を閉じずにいる」と、ニコールはいった。「幾時間か眠ると、元気を回復するよ」

「それはいかんな」と、ミシェルがいい返した。

「いや、かまわんさ」と、ニコールはいい返した。「各人それぞれ望むところに従って行動するまでさ。おれは、眠るよ！」

ニコールは長椅子の上に横になると、すぐ四八インチ砲の弾丸のような鼾《いびき》を立てはじめた。

「ニコールも、なかなか味なことをやる」と、それを見てすぐにバービケーンがいった。

「わたしも、真似するとしよう」

それから数分後には、バービケーンは、大尉のバリトンにたいして、絶えまのないバス伴奏をつとめはじめた。

たった一人とり残されたミシェル・アルダンは、ぼやいた。

「まったく、実際家の諸君は、ときによると妙に楽天家になるもんだ」

そういって彼は、長々と足を伸ばし、大きな腕を首の下に当てがって、こんどは、ミシェルが眠りこんでしまった。

しかし眠りは長くつづかなかったし、けっして平和ではなかった。あまりにいろいろなことで頭がいっぱいになっていたので、それから数時間して、朝の七時ごろには、三人ともほとんど同時に、起きあがった。

砲弾は相変わらず、その円筒形の頭を月のほうにしだいに傾けながら、月から遠ざかっていった。依然として説明のつかない現象だが、しかし幸いなことに、バービケーンの意図にはかなっていたわけだ。

なお一七時間経《た》たねば、行動を起こす瞬間はこない。

一日が、長く感じられた。いかに大胆な人たちであったとはいえ、旅行者たちは、やがて彼らの運命を決するときが、すなわち月の上に落ちるか、あるいは恒久不変の軌道の上を永久にまわるようになるか、その決定的な瞬間が近づくのを、胸をときめかさずに待っていることはできなかった。で、彼らは、待っている身にとってはあまりにおそい時間の経つのを、一時間一時間と数えていた。バービケーンとニコールとは、執拗に計算に没頭し、ミシェルは、むさぼるような目つきで、いっこうに無頓着な月を眺めながら、狭い板囲いのあいだを行ったり来たりしていた。

ときどき、地球への回想が、ふっと彼らの心をかすめることがあった。彼らは大砲クラブの連中、ことに中でも最も親しかったJ・T・マストンのことを思った。いまごろ、あの尊敬すべき秘書は、ロッキー山脈の中の彼の部署についているはずだった。もし彼が、その巨大な望遠鏡の鏡の中に、砲弾の姿を捉えたとしたら、どう考えるであろうか？　砲弾が月の北極の陰に姿を没したのを見たのち、ふたたび南極に現われたのを見たら！　それでは、衛星の衛星になったわけか！　J・T・マストンは、この予期しなかったニュースを、世界じゅうにばらまいただろうか？　いったいこれが、この偉大なる事業の結末であったのか……？

そうこうしているうちに、その日はなんの事故もなく過ぎた。地球における真夜中がやってきた。十二月八日が、はじまろうとしていた。もう一時間すると、引力の均衡点に到達するであろう。そのとき、どういう速度が、砲弾に作用するであろうか？　だれもそれを測ることはできかねた。しかしいかなる誤謬《ごびゅう》も、バービケーンの計算には認められなかった。速度は午前一時には、ゼロになるか、ゼロであるはずだった。

それに、もう一つの現象が、中立線の上の砲弾の停止点を、示すことができた。この場所で、地球と月との二つの引力は、ゼロになるであろう。そのとき物体は、もはや「重みをもたなく」なる。このような、往《い》きにバービケーンとその仲間をひじょうにびっくりさせた奇妙な現象が、帰途にも同じような状態で再現されるにちがいなかった。そして、まさにその瞬間に、行動を起こすべきだった。

すでに砲弾の円錐形の頭は、あきらかに月の表面のほうに向いていた。砲弾は、導火具の圧力によって生じる後退力を利用するばかりになっていた。つまり旅行者たちにとっては、いよいよ機会到来というわけだ。もし砲弾の速度がこの均衡点で絶対にゼロとなったならば、たとえごく軽微なものであろうとも、月にたいして仕向けられたちょっとした行動は、月への落下を決定的なものとしたであろう。「一時五分前！」と、ニコールがいった。

「用意はできた！」とミシェルは答えて、ガスの焔《ほのお》のほうへ、準備のできた導火線をもって行った。

「待ちたまえ！」クロノメーターを手にして、バービケーンがいった。

このとき、重さがすこしも感じられなくなった。旅行者たちは、自分自身のからだが、すっかり消滅したような感じがした。彼らはまさしく、一触即発の、中立点に達したのだ……！

「一時！」と、バービケーンがいった。

ミシェル・アルダンが、燃えあがる導火線を火具につけた瞬間、信管はただちに破裂した。が爆音は、空気がないために、外部でしなかった。しかしバービケーンは舷窓《げんそう》から、ぱっと燃えてすぐと消えた、信管の長い尾を認めたのである。

砲弾は、内部であきらかにそれと感じられたほど、たしかに動揺した。

三人は無言のまま、かろうじて息をして、耳をかたむけ、注視した。彼らは、絶対の静寂のさなかにあって、ただ心臓の鼓動を聞いただけだった。

「落ちたのかね？」と、ついにミシェル・アルダンはたずねた。「いや、砲弾の底部が、月の表面のほうに向かないから違う！」と、ニコールが答えた。

そのときバービケーンが、舷窓のそばを離れて、二人の友のほうをかえりみた。その顔はおそろしく蒼く、額にしわを寄せ、唇をけいれんさせていた。

「われわれは落下しているんだ！」と、彼はいった。

「ああ！　月に向かってか！」と、ミシェル・アルダンはさけんだ。

「いや、地球に向かってだ！」と、バービケーンは答えた。

「えらいこった！」と、ミシェル・アルダンはさけんだが、さも悟りきったようにこうい

った。「この砲弾に入るときに、われわれは、やすやすとは、ここから出られないと覚悟はしていたが！」

じじつ、恐るべき落下がはじまっていた。砲弾が保存していた速度により、均衡点を越えて落下したのであって、信管の爆発も、それを阻止することはできなかったのである。往きに、中立線の外に砲弾を引っ張っていった速度が、帰途にあっても、誘導したのだ。物理学的にいえば、楕円形の軌道にあって、「物体は、それがすでに通過した諸点を通って、ふたたび戻ってきた」のであった。

それは、三一万二〇〇〇キロメートルの高度からの、恐るべき落下であり、いかなる反発力も、その落下を阻むことはできなかった。弾道学の法則によれば、砲弾は、それがコロンビヤード砲から発射されたときの速力、すなわち一秒間に一万七〇〇〇メートルの速度と等しい速度をもって、地上に衝突するはずだった！

ところで、比較上の数字を挙げてみると、ノートルダム寺院の塔の上から落下する物体は、その高さ二〇〇フィート足らずの上から敷石に達するのに、一時間に四八〇キロの速度であり、砲弾が地上に落下する速度は、一時間に二三万キロメートルということになる。

「もはや、お陀仏だ！」と、ニコールは冷ややかにいった。

「さて、われわれはここで命を終えるとしても」と、バービケーンは一種の敬虔な情熱をもって答えた。「われわれの旅行の結果は、計り知れないものがあるだろう！　それは、神がわれわれに告げ給うところの秘義そのものである！　あの世にあっては、魂は、知るために、機械も動力も必要とはしまい！　魂は、永劫の叡知と同一化するであろうから！」

「まったく、あの世ではすべてを挙げて、この月という名の下等な天体について、われわれを慰めてくれるだろうよ！」と、ミシェル・アルダンもいった。

バービケーンは腕を胸の上に組んで、崇高な諦観の動作を示したままだった。

「神の意のままに！」と、彼はつぶやいた。

20　サスクエハナ号の水深測量

「ところで中尉、測量の結果はどうかな？」

「どうやら作業も、終わりへきたようですな」と、ブロンズフィールド中尉は答えた。

「それにしても、こんなに陸地に近く、アメリカ大陸からわずかに数十キロのところで、こんなに深いなんて、ほんとにふしぎなくらいですね？」

「ほんとうに、そうだね。ひどい陥没だ」と、ブラムズベリイ艦長はいった。「きっと、アメリカ海岸からマゼラン海峡に及んでいるフンボルト海流のために海底が掘られて、ここに谷間ができたんだね」

「こんなにふかい谷間では、海底電線を敷くには適しませんな」と、中尉がふたたびいった。「バレンシアと新大陸のあいだのアメリカの海底電線を支えているような、平坦な岩礁があればいいんですがね」

「そのとおりだよ、ブロンズフィールド。ときに、中尉、いま、どこにおるのかね？」

「現在、海面から二万一五〇〇フィートのところで、水深測量器を引っ張っている探測気球は、まだ海底に達しません。というのは、水深測量器がひとりでに浮かびあがってくるもんですから」と、ブロンズフィールドは答えた。

「このブロック式の器械は、じつに精巧だからな」と、ブラムズベリイ艦長はいった。

「これを使えば、正確に測量ができる」

「海底だ！」と、このとき船首で潜水作業を見ていた舵手の一人がさけんだ。

艦長と中尉とは、船首楼《ろう》へ行った。

「深さは、どのくらいかね？」と、艦長がたずねた。

「二万一七六二フィート」中尉は手帳に数字を書きこみながら、こう答えた。

「よし。わたしは、この結果を、地図に書きいれるとしよう」と、艦長はいった。「では、水深測量器を引き揚げてくれ。作業は数時間かかるな。そのあいだに機関士は罐《かま》に火を焚き、出発の用意をする。いま、午後十時か。では中尉、さしつかえなかったら、おれは寝るとするよ」

「どうぞ、艦長殿、そうなさってください！」と、ブロンズフィールド中尉は、丁寧にいった。

サスクエハナ号の艦長は勇敢な男だったし、なかなかの部下思いだった。彼は船室へ戻ると、司厨長《しちゆうちよう》の腕に充分の敬意を表してブランデー入りのグロッグを一杯ひっかけ、床をのべてくれた従僕にお愛想をいって、しずかな眠りにはいった。

まさに午後十時。かくして十二月の十一日は、すばらしい夜のもとに終わろうとしていた。

この五〇〇馬力の、アメリカ合衆国海軍の誇りとする小軍艦サスクエハナ号は、合衆国海岸から数十キロ離れた、ニューメキシコの海岸沿いにぐっと伸びている半島に直角をなして、深海測量に従事していた。

風はすこしずつおさまり、気層にはすこしの動きも感じられなかった。艦の長旗は力なく垂れたままで、トガンマストの上にさがっていた。

艦長ジョナサン・ブラムズベリイは、大砲クラブの有力メンバーの一人であるブラムズベリイ大佐の又従兄弟《いとこ》にあたっていた。大佐が、艦長の叔母であり、ケンタッキーの富裕な商人のホーシュビデン家の娘と結婚したからであった。艦長ブラムズベリイは、深海測量作業を成功裡に終わらせるために、これほどの上天気を望むことはできなかったであろう。彼のコルヴェット艦は、ロッキー山脈の上に集まった雲を一掃し、あの有名な砲弾の進路を観察せしめた大嵐を、すこしも感じなかったのである。万事が、彼の好都合にはこんだ。もちろん彼は、プレスビテリヤン派の敬虔《けいけん》さをもって、神に感謝することを忘れなかった。

サスクエハナ号によって実行されているこの深海測量作業は、ハワイ群島とアメリカの海岸とを結ぶ海底電線を建設するのに最も適当な場所をさぐるのが目的であった。

この遠大なる企画は、強力な一商会の提唱に負うことが大きかった。この会社の社長である聡明なシリウス・フィールドは、大洋州のすべての島々を、広大な電気網で結ぼうと計画したのであって、それはアメリカ人的な才能にふさわしい、偉大な企業であった。

そこで、この最初の深海測量作業を託されたのは、コルヴェット艦サスクエハナ号であった。すなわち、十二月十一日から十二日の夜にかけて、船は北緯二七度七分、ワシントン子午線の西経四一度三七分の海上にあったのである。

そのとき月は下弦にあって、水平線上に現われはじめつつあった。

艦長ブラムズベリイが立ち去ったあと、ブロンズフィールド中尉と数名の士官は、船尾の上甲板に集まっていた。そのとき月が現われたので、彼らの視線はいっせいにその半球に注がれ、彼らの思考は、おのずとその天体に向けられた。なるほどその優秀な海軍用の双眼鏡も、半球のまわりを彷徨《ほうこう》している砲弾を発見することはできなかったであろうが、しかし彼らの手にした双眼鏡は、そのとき幾万の視線が注がれていた光り輝く円盤のほうに、ぴったり向けられたのである。

「あの連中は、一〇日前に出発したんだ。どうしているだろう？」と、ブロンズフィールド中尉がいった。

「月に到着したさ！」と、一人の士官候補生がいった。「きっと、はじめての土地に着いた旅行者がだれでもするように、散歩でもしているだろう！」

「きみがそういうんだから、きっと間違いあるまい」と、ブロンズフィールド中尉は、微笑しながら答えた。

もう一人の士官が、中尉に向かっていった。「けれども、だれだって、あの連中が着いたことに疑問をもちはしないさ。砲弾は五日の真夜中、満月のときに、月に着いたはずだ。いまは、十二月十一日だ。あれから、六日経《た》っている。二四時間の六倍あれば、たしかに、快適に身を落ち着ける余裕もあるというもんだ。ぼくには、わが勇敢なる同国人が月の小川に臨《のぞ》んだ谷間でキャンプしているさまが、目に見えるような気がする。そのそばには、墜落した砲弾が、火山岩の中に、半ば機体を埋めているんだ。ニコール大尉は、測量作業を開始している。バービケーン会長は、旅行ノートを整理している。ミシェル・アルダンは、ハバナ葉巻の匂いで、月の孤独をまぎらしている……」

「ほんとにそうだ、きっとそうにちがいない！」と、若い士官候補生は、先輩のもっともらしい記述にすっかり浮かされて、こうさけんだ。

「わたしも、そう信じたいんだが」と、すこしも激昂しないブロンズフィールド中尉はいった。「不幸にして、月世界から直接になんらのたよりもやってこないんでね」

「失礼ですが、中尉どの」と、士官候補生はいった。「バービケーン会長は、書くことがないんではないでしょうか？」

この言葉は、みんなの失笑をかった。

「いや、文字のことじゃありませんよ」と、若い男はせきこんで応酬した。「どの郵便局も、なんにも見ないんだから」

「電信局のことかね？」と、だれかが皮肉にたずねた。

「そんなものじゃないさ」と、すこしも怒らずに、士官候補生は答えた。「ぼくのいうのは、記号を使えば、地球と通信を交わすのも容易だと思うんだが」

「どうやってするのか？」

「ロングズ＝ピークの望遠鏡を使ってさ。あなたもご存じのとおり、あの望遠鏡は、月をロッキー山脈から八キロメートルのところへ近寄せることができる。そして月の表面を、直径九フィートの物として見せてくれるんです。いいですか！　もしかしてあの頭のいい連中が、巨大なアルファベットをつくってくれたなら！　一〇〇トワーズ（一九四・九メートルに当たる）の長さの文字を書き、四キロメートルの長さの言葉を連ねさえしたら、われわれにたよりを送ることができるんだが！」

人々は、たんなる空想にとどまらない若い士官候補生の考えを、大いに褒めそやした。ブロンズフィールド中尉も、この考えが実行されうることを認めた。彼はさらに、抛物《ほうぶつ》線をなす反射鏡を使って、光線を束にして送ったら、直接に通信することができるだろうとつけ加えた。じじつ、それらの光線は金星や火星の表面でも見られるにちがいない、海王星が地球から見られるのと同じように。そして彼は、すでにそれらの惑星が近づいたときに見受けられる輝いている部分は、地球にたいしてなされた信号でもありうるといった。しかし、かりにこのような手段で、月世界の消息を知りえたとしても、月世界人のほうで遠くを観察することのできる機械を所有していなかったら、地球から通信を送ることはできないといった。

一人の士官が、それにたいして答えた。

「たしかにそのとおり、しかし、われわれがとくに現在関心をもっているのは、旅行者がどうなったか、彼らがどんなことをしたか、彼らがどんなものを見たかということなんだ。それに、ぼくは疑うわけではないが、もしこんどの実験が成功したならば、まただれかがはじめるだろうよ。コロンビヤード砲はずっとフロリダの地面に嵌《は》めこんだままだからね。こうなれば、もう砲弾や火薬は問題じゃない。月が天頂を過ぎるたびごとに、一組の旅行者を、送りこむようになるさ」

「J・T・マストンが、そのうちに仲間にいっしょになりにいくことは、確かだね」と、ブロンズフィールド中尉が、それに応じていった。

「もしマストンが、ぼくにいっしょに行ってくれというなら、ぼくは喜んで同行するが」

「行きたい者は、たくさんいるさ」と、ブロンズフィールドはいった。「いまに、地球の住民の半分が、月に移住してしまうだろうね?」

サスクエハナ号の士官たちの会話は、約午前一時までつづいた。人々は、これらの大胆きわまる人たちによってとられた組織がどんなに一驚に値するか、その理論がいかに驚嘆すべきものであるかを語った。バービケーンの試み以来、アメリカ人には不可能なことがないように思われた。彼らはすでに、学者の代表者を送るだけではなくて、月世界を征服するために、歩兵、砲兵、騎兵の一団を送りこむことも考えていたのだ。

午前一時に、測量の曳船《ひきふね》作業は、まだ終わっていなかった。一万フィートも残っていたので、なお数時間の作業を必要としたのだ。艦長の命令で、火は焚かれ、発動機の圧力は上がっていた。サスクエハナ号は、まさに出発しようとしていたのだ。

ときはまさに午前一時十七分――このときであった。ブロンズフィールド中尉は、四分儀のそばを離れて、船室へ入ろうとしていた。そのとき彼は、遠くのほうで、まったく聞き馴れない鋭い音に、注意を奪われたのである。

彼も仲間の者も、最初これは、汽船の去ってゆく汽笛だと思った。ところが、頭を上げてみたら、その音は大気の上層圏内でするのがわかったのである。

彼らは、この音がひじょうな強度をもっているのを、いぶかる余裕もなかった。とつぜん、彼らの大きく見開かれた目に、気層中の摩擦と、推進速度のために燃えあがった巨大な隕石《いんせき》が現われたのだ。

この火柱の塊は、みるみるうちに大きくなり、雷のような音を立てて、コルヴェット艦の第一斜檣《しゃしょう》にぶつかり、船首材を水平に断ち切って、一大音響とともに、波間に突っこん

だ！

もう何フィートか近かったら、サスクエハナ号は乗組員もろとも、海底に没したであろう。

そのとき、ブラムズベリイ艦長は、服を着ながら姿を現わし、士官たちの集まっている上甲板に駆けつけた。

「どうしたんだい、諸君。なにが起こったんだい？」と、艦長はたずねた。

士官候補生が、おうむ返しにさけんだ。

「艦長！　あの連中が、帰ってきたんです！」

21　J・T・マストンを呼ぶ

サスクエハナ号の甲板は、沸き返るようなさわぎだった。士官や水兵たちは、彼らがさらされた危険、もうすこしで潰され波間に呑《の》まれようとした恐ろしい危険を忘れて、ただこの旅行の破局に終わったことしか考えなかった。かくて、過去現在を通じて最も大胆だといわれた企画は、それを試みた勇敢な冒険家の生命を犠牲にしたのだ。

「あの連中が、帰ってきたんです!」と、若い士官候補生がいっただけで、みんなはすぐにわかった。この隕石が、大砲クラブの砲弾であることに疑念を抱く者は、だれもいなかったのである。その内にはいっている旅行者の運命については、意見が二つに分かれた。

「彼らは死んでいる!」と、だれかがいった。

「いや、生きている。水層が深いから、墜落は弱められた」と、べつの男が、それに反発した。

「しかし、空気がなくなっていたろうから、窒息死は免《まぬが》れまい!」と、また一人がいった。

「焼死したんだ!」と、べつの一人が口を入れた。「砲弾は、空から墜ちるとき、白熱化した塊にしかすぎなかった！」

「いずれにしても！　生きていようが死んでいようが、海中から引き揚げねばならない！」

まもなく艦長ブラムズベリイは全士官を招集し、みんなの前で、艦長としての意見を述べた。ただちに、とるべき手段を講じなければならなかった。差し当たって、砲弾を引き揚げることが先決問題だった。困難な作業だが、しかし不可能ではなかった。だがこのコルヴェット艦には、それに必要な、強力であると同時に正確な機械がなかった。そこで、最も近い港に船をつけ、砲弾の墜落のことを大砲クラブに知らせることにした。

この決定には、だれも異論がなかった。港の選択が、問題になった。北緯二七度の海岸で、船のつけられる港はなかった。もっと上のほうの、モンテレイ半島には、同名の町があった。しかしそこは、曠野の果てにあるので、電信が合衆国の中心には通じていなかった。

そこからさらにいくらか緯度が上になるが、サンフランシスコの湾があった。そこからならむろんのこと、合衆国の中心と自由に通信することができた。その港に到着するには、サスクエハナ号が全力をあげても、二日近くはかかる。で、ただちに出航しなければならなかった。

火が焚《た》かれ、たちまち出航準備はできた。水深測量器はまだ二千尋《ひろ》の海中にあったが、ブラムズベリイ艦長は、貴重な時間を失いたくなかったので、繋留線を切ることにした。

「繋留線を浮標《ブイ》につないでおこう。そうすれば、砲弾が墜落した正確な場所を、浮標《ブイ》が示してくれるだろうからね」と、艦長がいった。

「それに、われわれは、北緯二七度七分、西経四一度三〇分の、正確な位置におったのだから」と、ブロンズフィールド中尉が答えた。

「そのとおりだ、ブロンズフィールド。では、線を切るよ」と、艦長はいった。

円材でさらに補強されたがんじょうな浮標《ブイ》が、大洋の海面に投じられた。綱具の端がそれに固く締めつけられ、波の翻弄に任された。しかしそれは、あきらかに流されるようなことはなかった。

そのとき、機関士がやってきて、出航の準備ができたことを知らせた。艦長はその知らせを大いに喜び、すぐに進路を北北東にとるように命じた。コルヴェット艦は歯車を回転させながら、全速力でサンフランシスコ湾へと向かった。そのとき、午前三時だった。八八〇キロメートルの海路は、サスクエハナ号のような快速船にとっては、ものの数でもなかった。三六時間にしてこの航路を征服し、十二月十四日の午後一時二十七分に、サンフランシスコ湾内にはいった。

海軍の水夫の乗り組んでいる軍艦が全速力で、第一斜檣《しゃしょう》を折られたままで入港したのを見て、好奇心にかられた群衆は、奇異の目を見開いた。で、まもなく群衆は、その上陸を迎えるために、波止場へと殺到した。

全身ずぶ濡れになって、ブラムズベリイ艦長とブロンズフィールド中尉とは、はしけのボートに乗り移った。ボートは八本のオールで漕いだので、迅速に着岸した。

二人は、波止場へ飛び立った。

「電報だ!」そうさけんで彼らは、ふりかかる質問にふり向きもせずに、こうたずねた。港湾づめの一士官が、群がる物見だかい連中をかきわけて、みずから進んで彼らを電信局へ連れていった。

ブラムズベリイとブロンズフィールドが電信局にはいったときには、まだそのドアを群衆が割れんばかりに叩いていた。

それから数分経《た》ったのち、四通の電報が、それぞれの個所に向けて発せられたのである。

一、ワシントンの、海軍省秘書官宛

二、バルチモアの、大砲クラブ副会長宛

三、ロッキー山脈のロングズ=ピークにいるJ・T・マストン宛

四、マサチューセッツの、ケンブリッジ天文台の副所長宛

電文は、次のような文句であった。

十二月十二日午前一時十七分、北緯二七度七分、西経四一度三〇分において、コロンビヤード砲より発せられた砲弾は、太平洋中に落下した。ご指示を乞う。サスクエ

ハナ号艦長、ブラムズベリイ。

ニュースは五分後に、サンフランシスコの町じゅうに知れわたった。そして午後六時までには、合衆国じゅうが、この悲しい破局を知るに至った。一夜明けると、ヨーロッパ全体に、このアメリカ合衆国の偉業の結末は、海底電線によって知れわたったのである。

この予期しなかった破局が、世界じゅうに及ぼした反響については、ここでは述べるまい。

この電報に接した海軍当局は、サスクエハナ号にたいし、サンフランシスコ湾内において、日夜火を絶やすことなく、いつでも出航できるような姿勢で待機するようにと訓電を発した。

ケンブリッジ天文台は、ただちに臨時会議を招集し、学術団体特有の平静な態度をもって、平穏裡に、ただ科学上の立場からこの問題を検討した。

大砲クラブは、沸き返るようだった。砲兵はみな、集まっていた。そのとき副会長のウィルカムは、砲弾がロングズ＝ピークの巨大なる反射鏡により認められたというJ・T・マストンおよびベルファストの電文を読んでいたのである。この電文は、砲弾が、月の引力により、太陽系における衛星の役目を演じている旨を強調していた。そしていま、事の真相を知ったのである。

しかしながら、J・T・マストンの電文をまっこうから否定するブラムズベリイの電報の到着により、大砲クラブの中には二派が生じた。一方は砲弾の墜落、言い換えれば旅行者たちの帰還を信じる側であり、他方はロングズ＝ピークの通信を信じ、サスクエハナ号艦長の言を誤りであると見なす一派である。後者によれば、いわゆる砲弾と称するものは、たんなる隕石にしかすぎず、それが落下に際してコルヴェット艦の斜檣を破損したのだと主張するのである。このような論議にたいして、それに答えるべきすべは、だれももっていなかった。なぜならば、落下にあたっていよいよ速められたその速度は、そのもの自体の観察を不可能にしたからである。サスクエハナ号の艦長ならびに士官たちは、たしかにその所信を誤ったというのである。この派のために、次のような主張は、重大な発言力があった。それはつまり、もしかりに砲弾が地上に落下したとすれば、それが地球という回転楕円球体にぶつかるのは、北緯二七度と——経過した時間と地球の自転運動を考慮に入れて、西経四一度と四二度の間でなければならないというのだった。

いずれにしても、大砲クラブ全員が一致してきめたことは、ただちにブラムズベリイ兄弟、ビルビイ、エルフィストン少佐がサンフランシスコへ赴き、大海の底から砲弾をいかにして引き揚げるかを考えることであった。

これらの献身的な人たちは、すこしの時間も惜しんですぐ出発した。まもなく彼らを乗せた鉄道は、中央アメリカを横断し、快足の四頭立て四輪馬車が待ち受けているサン・ルイへ到着した。

ほとんど同時に、海軍省の秘書官と、大砲クラブの書記ならびに天文台所長とは、サンフランシスコから電報を受けとっていた。わが尊敬に値いするJ・T・マストンは、一再ならず生命を危殆《きたい》にひんせしめた彼の有名な大砲が破裂したとしても、このような烈《はげ》しい感動を示さなかったであろう。

諸君は思い出すであろうが、この大砲クラブの書記は、砲弾が発射してまもなく、ロッキー山脈のロングズ＝ピークの観測所へ赴いたのだった。ケンブリッジ天文台の所長であるJ・ベルファストも、ともに同行したのである。観測所へ至ると、一人の友は、そこをかりの宿ときめて、巨大な望遠鏡のあるその頂上から、一歩も去らなかったのである。

周知のように、じじつこの巨大な機械は、イギリス人によって「前面に向いているもの」と呼ばれる反射鏡のような構造でつくられてあった。この装置は、諸物体にたいしてただ一つの反射しか受けない仕組みになっていた。それゆえ、ずっと鮮明な幻像を与えてくれた。そこでJ・T・マストンも、ベルファストも、観察するにあたっては、機械の下部ではなくて上部に席を占める必要があった。彼らはそこに回り梯子で上っていった。それは軽い材料でつくられてあって、彼らの下には、底が金属性の鏡になっている二八〇フィートの深さの金属性の井戸が口をひらいていた。

ところで、この二人の学者が、昼は月の姿を隠している太陽を、夜は執拗に目からさえぎっている雲を呪いながら頑張りつづけていたのは、この望遠鏡の上に置かれた、狭い台の上であった。

それゆえ、期待の数日間ののち、十二月五日の夜に、彼らの友を乗せた乗りものが空間を行くのを見たときのその喜びは、どんなであったろう！　ところが、その喜びのあと、大きな失望に見舞われたのであった。彼らは不完全な観察にもとづいて、砲弾が、不変の軌道を運行する月の衛星になったという間違った意見を、第一報として、世界じゅうに知らせたのである。

このときから砲弾は、彼らの視線から消え失せた。この消失は容易に説明しうるものであって、そのとき砲弾は、月の目に見えない部分へ移行していたのであった。しかし、ふたたび砲弾が月の目に見える面に姿を現わしたとき、激情的なJ・T・マストンの焦燥感、それに負けず劣らずのベルファストのそれがどんなであったかは、だれでも納得できるだろう。各瞬間ごとに、彼らは砲弾を見ていると確認しつづけていた。ところが、それが、見えなくなったのだ！　さて、これから二人のあいだに、烈しい論争が繰り返された。ベルファストは、砲弾が見えなくなったと主張した。ところがマストンは、「目の中に入ってしまったんだろう」といって、譲らなかった。

「あれが、砲弾だ！」と、なんどもJ・T・マストンはいった。

「違う！　あれは、月の山から落ちた雪崩《なだれ》だ！」と、ベルファストは答えるのだった。

「いや、そうだ！」

「そんなことが！」

「いや、見えやしないさ！　空間に消えちまったんだ！」

「じゃ、明日は見えるだろう！」

二人がいっしょに存在することは、もはや不可能になってきた。そのときである、思いがけない事件が、果てしない二人の争いに終止符を打った。

十二月十四日から十五日にかけての夜、この相容れない二人の友は、月の円盤を観察するのに没頭していた。J・T・マストンは、例によって例のごとく、何回となく砲弾を見たことを主張し、ミシェル・アルダンの顔が舷窓《げんそう》に見えたなどともいった。あまりに夢中になって、身ぶり手ぶりよろしくいい張るために、その鉤《かぎ》の義手がひどく不安な状態になったほどだった。

そのとき──午後十時だったが、ベルファストの従僕が台上にやってきて、一通の電報を渡したのである。それは、サスクエハナ号の艦長からの電報だった。

ベルファストは封筒を破って読み終わると、「あっ！」とさけんだ。

「どうしたんだ！」と、マストンがいった。

「砲弾が！」

「なんだって？」

「地球に落ちたんだ！」

あらたな叫び声が、それに答えた。

ベルファストは、マストンをかえりみた。この不幸な男は、驚きのあまり金属の管の上に身をのりだしたために、巨大な望遠鏡の内部に消えてしまったのである。二八〇フィートの墜落！ びっくりしたベルファストは、反射鏡の内部に降りていった。

マストンは助かった。その金属性の鉤が、望遠鏡を区切っている支材の一つにひっかかったからである。彼は、恐ろしい叫び声を発した。

ベルファストが呼んだので、助手たちが駆けつけ、複滑車をすえつけた。そして粗忽《そこつ》者の大砲クラブの書記は、やっとのことで引っ張りあげられたのである。

彼は、たいした怪我もなくて、上部の板の上に姿を現わした。

「よかった！ もしレンズを割ったらえらいこっちゃ！」

「弁償すりゃいいさ」と、ベルファストはそっけなくいった。

「ところで、あのいまいましい砲弾は、やはり落ちたのかい？」

「太平洋の中へだ！」

「すぐ出発だ！」

一五分ののちには、二人はロッキー山脈の勾配を下り、二日ののちには、彼らの大砲クラブの同僚と同時に、途中で五頭も馬を乗りつぶして、サンフランシスコへ到着した。

エルフィストン、ブラムズベリィ兄弟、ビルビイたちは、二人が到着したのを見ると、駆け寄った。「どうしたもんだろう?」と、彼らは口々にさけんだ。「砲弾を釣り上げるんだ」と、J・T・マストンは答えた。「できるだけ早くだ!」

22　救助作業

砲弾が波間に突っこんだ場所は、正確にわかっていた。しかし、それをつかんで、海面に引き揚げる機械が、まだなかった。それを考えだし、つくらねばならなかった。アメリカの技術者たちにとっては、そんなことはなんでもないことだった。四爪錨《よつめいかり》がつくられ、蒸気の助けによって、その重量にもかかわらず、砲弾を引き揚げることが確かめられた。それに、砲弾が落ちこんだ海中の水の密度が、その重さを減じてもくれたのである。

しかし、砲弾を引き揚げるだけでは、充分ではなかった。ただちに、旅行者のために行動しなければならなかったのである。だれ一人として、彼らが生存していることを疑う者はいなかったからだ。

J・T・マストンが絶えずこういいつづけていたので、それがみんなにそうと信じこませたのである。

「そうだとも！　なにしろわれわれの仲間は達者な連中ばかりだから、そこらの間抜けと違って、そう簡単に参りゃしないさ。彼らは生きている、きっと生きているとも！　けれども、できるだけ早く、みつける必要はあるね。水も食料も、心配はない！　長い期間、充分たっぷりあるはずだ！　しかし空気は！　空気はそのうちになくなってしまう。だから、いそぐんだ、さあ早く！」

人々は、いそいで出ていった。そしてサスクエハナ号が、この新しい使途にあてられた。例の強力な機械が、曳船に鎖でつけられた。ただ一つ困ったことは、その先端が円筒形の砲弾の外側がすべすべしているので、四爪錨をひっかけるのを困難にしていることだった。

このために技師のマーチソンはサンフランシスコに駆けつけ、巨大な自動式の四爪錨をつくりあげた。それは、その強力な爪で砲弾をつかんだら最後、けっして放すようなことはないという代物だった。同時に彼は、潜水具も用意させたが、それは水の通らぬ強力なもので、それを着た潜水夫は海底を見ることができた。彼はまた、サスクエハナ号の甲板に、ひじょうに工夫をこらしてつくった圧搾空気の器具を積みこんだ。それは舷窓のあいている一つの部屋ともいうべきもので、ある部分の仕切りの中に水を入れ、ふかいところまでおろすことができた。しかも、はなはだ幸運なことに、これらをつくっているあいだ、天候に恵まれていたのだった。

しかしながら、これらの機械が完全に揃っていても、またそれらを使用する者がいかに巧みであろうとも、作業の成功は、けっして確定的なものではなかった。それは不確定なチャンスでしかなかった。なんといっても、海底二万フィートのところから砲弾を引っ張りあげるのだから！　おまけに、砲弾が海面に引き揚げられたとしても、旅行者たちは、二万フィートの水の恐ろしい衝撃に、はたして耐ええたであろうか？

なんとしても、迅速にことを処理しなければならなかった。J・T・マストンは、昼夜の別なく、作業をせき立てた。彼自身も、友人の立場になってみて、潜水具を身につけたり、圧搾空気具を試みたりしてみた。

しかしながら、これらのさまざまな器具をつくりあげるための勤勉努力にもかかわらず、また合衆国政府によって大砲クラブに託された巨額の義捐金にもかかわらず、五分間がなんと、五世紀にも感じられた！——それほど長く準備が終わるまでかかったのである。そのあいだに一般世論は、いやが上にも昂揚した。電報がひっきりなしに、世界各地のあいだにとり交わされた。バービケーン、ニコール、ミシェル・アルダンの救助事業は、国際的な事件になった。大砲クラブ公債に応募したすべての人が、この旅行者の救助にたいしては直接の利害関係をもっていた。

やがて、曳船の鎖、圧搾空気の部屋、自動式の四爪錨が、サスクエハナ号に積みこまれた。

J・T・マストン、マーチソン技師、それから大砲クラブの代表者たちは、すでに船室に陣どっていた。あとは、出発するまでだった。

十二月二十一日の午後八時に、コルヴェット艦は用意万端整った姿を、すでに冷やりと感じる東北風にさらされて、海上に浮かべた。サンフランシスコのすべての住民は、無言のままで、万歳のさけびは、帰還のときにとっておいて、押し黙って波止場へと詰めかけた。

蒸気が最大限に焚《た》かれた。サスクエハナ号のスクリューは、沖合はるかに進んだのである。

甲板上の、士官、水兵、船客たちの会話の内容については、語るまでもあるまい。これらの人たちは、たった一つの考えしかもっていなかった。だれの心も、同じ感動のもとに、うち震えていた。こうやって救助に赴くあいだに、バービケーンやその仲間は、いったい何をしているだろうか？　どうしているだろうか？　自由を獲るために、何か大胆きわまる試みでもやっているのではなかろうか？　だれ一人として、それについては、語ることはできなかった。真実はしかし、いずれの手段も失敗したということだった！　大洋の海底ふかく、八キロ近くも沈んで、鋼鉄の檻の内に閉じこめられて、何ができるというのだ！

十二月二十三日、午前八時に、サスクエハナ号は、迅速な航海を終えて、やがて不吉な場所に到達しようとしていた。ほんとうの作業に就《つ》くのは、正午まで待たねばならなかった。水深測量器の綱がゆわえてある浮標《ブイ》は、まだみつからなかった。

正午に、ブラムズベリイ艦長は、その士官たちの助言により、大砲クラブの代表者たちの面前で、正確な位置に到着した旨を告げることができた。しかしそれには一抹の不安があった。サスクエハナ号は、砲弾が海中に消え失せた場所からは、どうやら西方にほんのわずかずれて位置しているようだった。そこでコルヴェット艦は、その正しい位置へと向かうことにした。零時四七分に、浮標《ブイ》をついに見いだした。浮標《ブイ》は完全な状態で、すこしも流されてはいなかった。

「とうとう来た！」と、J・T・マストンがさけんだ。

「すぐ、作業にかかりますか」と、ブラムズベリイ艦長がたずねた。

「すこしも猶予はできない」と、マストンは答えた。

コルヴェット艦はほとんど動かないように、万全の策がとられた。

砲弾を引き揚げるよりさきに、まずその大洋の底の位置を知ることが先決問題だと、技師のマーチソンは思った。この捜索にあてられる海中の器具は、空気の補給を受けた。これらの機械の操作は、危険がないとはいえなかった。なぜならば、水面下二万フィートでは、水圧も相当なものであって、破壊の危険にさらされるおそれがあり、その結果は恐るべきものがあった。

J・T・マストン、ブラムズベリイ兄弟、マーチソン技師は、このような危険をものともせずに、圧搾空気の部屋の中に陣どった。艦長は艦橋に頑張って、指揮に当たり、ちょっとした合図に応じて、鎖を停めたり引き揚げたりする任に当たった。スクリューはクラックをはずされた。機械類は起重機によって、ただちに甲板へ移された。

海中の降下作業は、午後一時二十五分に開始された。水のいっぱいはいったタンクに引っ張られた圧搾空気室は、大洋の表面から消え失せた。

甲板上の士官や水夫の関心は、いまや砲弾内の捕われた人と、海中の機械内の人人とのあいだに分かたれた。機械内の人々はどうかというと、彼らは自分自身を忘れ、舷窓《げんそう》のガラスに顔をつけて、彼らが通ってゆく水層を、注意ぶかく見まもっていた。

降下は、迅速だった。二時十七分に、J・T・マストンとその仲間とは、太平洋の海底に達した。なるほどそこは、もはや海の動物も植物も生殖しないほどの、荒蓼とした曠野でしかなかったが、ついに彼らはなに一つとして見なかったのである。彼らは、強力な反射鏡のついているランプの光で、うす暗い水層の中を観察したのだが、そのかなりのひろがりの光の中に、ついに砲弾は、見いだされなかった。

これらの勇敢な潜水夫たちの焦燥感がどんなであったかは、とうてい筆紙に尽くしがたい。その器具は、電線によってコルヴェット艦に通じているので、彼らは合図の信号を送った。サスクエハナ号は、圧搾空気室を海底から数メートル浮かばせたままで、一マイルほど動いた。

このようにして彼らは、海中の平原を探索した。視覚の誤りで欺かれる瞬間ごとに、彼らの心臓は張り裂けんばかりだった。こちらの岩が、そちらの海底の盛りあがりが、彼らには捜し求めている砲弾に見えるのだ。そのつど彼らは、自分らのあやまりに気づき、そして失望するのであった。

「それにしても、どこにいるんだ？　あの連中はどこにいるんだ？」と、J・T・マストンはさけんだ。

かわいそうに彼は、声をかぎりに、ニコール、バービケーン、ミシェル・アルダンの名を呼んだ。まるでそれらの不幸な友が、その声を聞いて、音の伝わらない水層を通して答えてでもくれるかのように。

このようにして捜索は、機械内の空気が汚れて、やむなく浮上するまでつづけられた。それは夕方の六時ごろにはじまって、真夜中になっても終わらなかった。

「明日、またやろう」と、コルヴェット艦の艦橋に昇ってきたJ・T・マストンはいった。

「そうしましょう」と、ブラムズベリイ艦長は答えた。

「こんどは、べつの場所で」

「承知しました」

J・T・マストンは、まだ成功を疑わなかった。しかし仲間の者は、この企てがいかに困難であるかを知って、もはや最初のころのような感動に酔ってはいなかった。サンフランシスコではじつに容易に考えられていたことが、この大洋のまっただ中では、ほとんど実現不可能視された。成功しうるチャンスは、いよいよ望みうすくなった。砲弾に出合うことを望むのは、ただ偶然をまつ以外にはなかった。

翌十二月二十四日も、前日の疲労にかかわらず、探索は再開された。コルヴェット艦は数分間、西方に移動した。空気を入れた機械装置は、また同じメンバーを乗せて、またもや大洋の底に降《くだ》った。

その日も一日じゅう、無駄な捜索で終わった。海底には何もなかった。翌二十五日も、無駄に終わった。二十六日も。

まさに、絶望だった。人々は、二十六日間も砲弾内に閉じこめられている不幸な人々のことを思った！　おそらく彼らは、墜落のときの危険を免《まぬが》れえたとしても、窒息死は免がれなかったであろう！　空気はなくなり、そしておそらくは空気とともに勇気も、精神力も！

「空気がなくなることはあるだろう」と、J・T・マストンはいった。「しかしね、精神力までなくなるなんて、絶対ない！」

捜索開始以来六日経《た》った二十八日には、すべての希望が消え失せた。砲弾は、海のひろがりの中で、原子になったのであろうか！　ふたたびみつけることとは、あきらめなければならなかった。

けれどもJ・T・マストンは、帰途につく話を聞くのを欲しなかったのである。彼は、せめてものことに、友人たちの墓地でもみつけたいものだといった。しかしブラムズベリイ艦長としては、これ以上頑張りつづけることは不可能であった。で、尊敬すべき大砲クラブの秘書の言葉にもかかわらず、出航準備の命令を下した。

十二月二十九日の午前九時、サスクエハナ号は、進路を東北にとって、サンフランシスコ湾へと向かった。

午前十時のことだった。コルヴェット艦は悲劇のおこなわれた現場に別れを惜しんで、すこしずつ動きだしていた。そのとき、下から三番目のマストの横木に昇って、海上を監視していた水兵が、とつぜん大声でさけんだ。「向かい風の方角に、浮標《ブイ》が見える！」

士官たちはいっせいに、さし示された方角を見た。彼らの手にもった望遠鏡に、ちょうど湾だとか河川などの水道の測量柱代わりに使う浮標《ブイ》のようなものが映った。そのうち詳細に判明するに従って、海上五、六フィートに浮上している円錐筒形の物体の上に、信号旗が風にひるがえっていた。その浮標《ブイ》は、外側が白色の金属でつくられてでもいるように、太陽の光線にきらきら輝いていた。

ブラムズベリイ艦長をはじめとして、J・T・マストン、その他の大砲クラブの代表者たちは、艦橋に昇っていった。そして、波間に浮かんでいるその物体を見た。

すべての視線は、しーんとしずまり返った中で、いらいらした不安にかられながら、いっせいにそのほうに向けられたのである。

コルヴェット艦は、約四〇〇メートルほど、その物体に近づいた。

乗組員一同は緊張のあまり、身ぶるいを感じた。

信号旗は、アメリカのものだった！

そのとき、恐ろしい呻《うめ》き声が聞こえた。それは、J・T・マストンがどしりと倒れたときに発したものであった。

人々はすぐに彼のそばに駆け寄って、助け起こした。彼は正気づいた。そのとき発した彼の言葉は、どのようなものだったろうか？

「おれたちはなんていうばか者だ！ 人の三倍も、四倍も、五倍も、大ばか者だ！」

「どうしたんです？」まわりの者は、びっくりしてさけんだ。

「どうしたんですって？……」

「まあ、話してくださいよ」

「底抜けの大ばか者だよ、砲弾は、一万九二五〇ポンドの重さしかなかったんだ！」

「それで、どうしたんです！」

「そこで二八トン、つまり五万六〇〇〇ポンドの排水量があるっていうわけさ。だから、浮きあがったんだ！」

なるほど！ この尊敬に値する男が、「浮きあがった」と、とくに力をこめていっただけのことはある。それは、じじつだった！ まったく、そのとおりだった！ すべての学者たちが、この初歩の法則を忘れていたのだった！ そしていま砲弾は、しずかに波に揺

られながら、浮いているのだ……。

幾艘ものボートが、海上へ降ろされた。J・T・マストンと、その友人たちは、いそいでそれに乗り移った。人々の感動は、いやが上にも昂《たか》まった。ボートが砲弾に近づくに従い、みんなの心臓は烈しく脈打った。砲弾の中は、はたして如何《いかん》？ 生きてるか、死んでるか？ いや、たしかに生きている！ 信号旗を立ててある以上、死がバービケーンと二人の仲間を見舞ったとは考えられない！

ふかい沈黙が、ボートじゅうを覆っていた。みんなの心臓の鼓動は、いっそう速まった。もはや、目もあけていられないほどだった。そのとき、砲弾の舷窓の一つが開いた。ガラスの破片が舷窓に残っていたので、ガラス窓が壊れたことがわかった。その舷窓は現在、波より五フィート高いところに開いていた。

それに向かって、J・T・マストンの乗ったボートが近づいた。

その瞬間、快活な、よくとおる声が聞こえたのである。それは、ミシェル・アルダンの声だった。その声は、勝ちほこったような響きをもっていた。

「白人だ、バービケーン！ 白人でいっぱいだ！」

23　大団円

人々は、出発に際して三人の旅行者が受けた盛んな歓送ぶりを想起するであろう。もし、このたびの遠征旅行の発足にあたって、旧大陸および新世界にそのような興奮を湧きおこしたとするならば、その帰還はどれほどの熱狂をもって迎えられたであろうか？　あのフロリダの半島に押し寄せた一〇〇万の観衆が、どうしてこれらの偉大なる冒険家の前に詰めかけないということがあるだろうか？　世界の隅々から、このアメリカの沿岸さして渡ってきた外国人の群が、バービケーン、ニコール、ミシェル・アルダンの姿を見ずして合衆国を立ち去るなどとは考えられないであろう？　当然、一般公衆の熱情は、このたびの壮挙にたいして答えるべきであった。地球を立ち去り、宇宙間の不可解な旅行をなし遂げて戻った人間たちが、予言者エリイが地球に立ち戻ったときに受けるであろう歓迎を受けないはずはなかったのである。まず彼らの顔を見ること、つづいてその謦咳《けいがい》に接すること、これが一般の願いだった。

この願いは、合衆国住民のほとんど全部の希望により、ただちに実現されるに至った。

すこしの遅滞もなく、バルチモアに戻ったバービケーン、ニコール、ミシェル・アルダンの三人は、まずその地で、名状しがたい歓迎を受けたのである。会長、バービケーンの旅行記は、公刊されることにきまった。〈ニューヨーク・ヘラルド〉紙がその原稿を買い、その値段はいまもって不明だが——とにかくそれがいかに重大であるかは、説明をまつまでもなかったのである。じじつ、この『月世界へ行く』が掲載されているあいだは、この新聞の部数は、五〇〇万部にも達した。旅行者たちが地球に帰還して三日ののちには、その詳細が知れわたったのである。あとはただ、この超人間的な事業をなし遂げた勇士の顔を見ることが残っていたのである。

バービケーンとその友人とによる月の周辺の探検は、従来のこの地球の衛星についていわれてきた諸説を批判し調整するのに役立った。従来諸学者は、この「見えるもの」だけを、特定のある環境のもとにおいて観察したのだ。今こそ人々は、この天体の構成、その起原、その適住性について、どの点を認め、どの点を棄《す》てるかを知ることができた。その過去、その現在、その未来は、ともに最後の仮面を剝《は》いだのだ。あの奇砂な山ティコが、月の山勢学の最も不可解な組織であるあの山が、四〇キロメートル低いというまじめな観察にたいして、だれが反駁《はんばく》しうるであろうか？　プラトンの円谷での深淵をその目で見たこれらの学者にたいして、だれが異を唱えることができようか？　偶然のめぐりあわせから月の目に見えない裏側にまわり、いままで人間の目が見たことのない部分をその目で見てきたそれらの大胆な連中にたいして、だれが反対意見などいえようか？ そしていまこそ彼らは、かつてキュヴィエが化石から人骨を再構成したように、月世界を再構成した月理学にたいして限界を付与し、「月はこうこうであるから、人類の住みうる世界であり、地球に先立って人類が生存していたとか、月はかくかくの次第だから、人類の住みえない世界であり、現在でも生存しえない！」と、言いうるのだ。

最も有力な二人の会員の帰還を祝福するために、大砲クラブは祝賀会を催すことにした。これはあくまでも勝利者としてのそれであり、アメリカ国民としてふさわしいものでなければならなかったから、合衆国国民が挙げてそれに参加しうるものでなければならなかったのである。

鉄道架線のすべての起点が、臨時線によってこの地に集結された。駅という駅は国旗を掲げ、満艦色で飾られ、一様に接待のテーブルが出された。一定の時刻に合わせて次々と時刻が計算され、同じ分秒をきざむ電気時計にもとづいてずらされた時刻に、各駅に到着した旅客は祝宴のテーブルに招待される仕組みになっていた。

一月五日から九日までの四日間、アメリカじゅうの鉄道の現時運行は停止され、全線が開放された。ただ一台の機関車が、名誉の客車を引っ張って、その四日間全速力で合衆国の鉄道を走ったのである。

機関車には、機関士と釜焚《た》きとのほか、その功績を表彰する意味合で、名誉ある大砲クラブの書記J・T・マストンが乗りこんだ。

客車には、バービケーン、ニコール、ミシェル・アルダンの三人が乗車した。機関士の汽笛を合図に、万歳と叫喚《きょうかん》、英語によるありとあらゆる讃辞をあとにして、汽車はバルチモアの駅を出発した。列車は、一時間八〇マイルの速度で進行した。しかしこの速力も、コロンビヤード砲の発射にあたって、三人の勇士を送りこんだあのときの速力に比すれば、なにほどのことがあろうか？

このようにして彼らは、町から町へと進んでいった。道々各駅で、テーブルについている人たちから叫喚と万歳を受けながら。彼らはやがて、ペンシルヴェニア、コネティカット、マサチューセッツ、ヴァーモント、メイン、ニューブランズウィックの諸州を経て、東部アメリカをまわり、次にニューヨーク、オハイオ、ミシガン、ウィスコンシンの諸州を経て、北部から西部へとまわった。それからイリノイ、ミズーリ、アーカンソー、テキサス、ルイジアナの諸州を経て南下した。次はアラバマ州、フロリダ州へと東南をさして長駆し、ふたたびジョージア州、カロライナ州へと北上した。そのあと、テネシー、ケンタッキー、ヴァージニア、インディアナというふうに、中部の諸州を訪ね、ワシントンの駅を最後に、バルチモアに帰ってきた。つまり四日間のあいだ彼らは、アメリカ合衆国全体が一つテーブルにつき、いっせいに万歳をもって自分らを迎えたのだと思いこむことができたのである！

極度の讃美からこれら三人の勇士が半ば神さま扱いにされたとしても、いっこうにふしぎではあるまい。

さて、旅行史上前例のないこのたびの試みは、実践上のなんらかの結果をもたらしたであろうか？　今後月世界とのあいだに直接交通の道をひらいたのだろうか？　太陽系の宇宙のあいだに、航空路をひらいたとでもいえるであろうか？　惑星から惑星へ、木星から水星へ、そしてやがては星から他の星へ、北極星から天狼星へと行かれるのだろうか？　大空にひしめきあっているこれらの太陽系の天体に行ける、なんらかの交通機関をつくりだしたとでもいうのだろうか？

これらの質問にたいしては、だれも答えることはできないだろう。しかしながら、アングロ＝サクソン族の大胆きわまる工夫力を知っている者はだれ一人として、アメリカ人がこのバービケーン会長の試みから、なんらか利する点を見いだそうと努めたとしても、べつに驚かないであろう。

そういう次第で、旅行者たちの帰還後しばらくして、資本金一億ドルの株式合資会社が設立されたとき、この〈恒星間交通国際公社〉の出現は、一般公衆の熱狂裡のうちに迎えられたのである。社長はバービケーン、副社長はニコール大尉、専務理事J・T・マストン、業務部長ミシェル・アルダンという顔ぶれだった。

しかし、何事も先まわりして考えるアメリカ人の気質として、失敗したときのことを考えて、ハーリイ・トロロッペを破産主任役に、またフランシス・デイトンを破産管財人に、それぞれあらかじめ任命しておいた！

訳者あとがき

ジュール・ヴェルヌは、一八二八年にフランスの大西洋に臨む港町ナントに生まれ、一九〇五年にアミアンでなくなった。

ロワール河が大西洋に注ぐ河口に栄えたこの港町は、古くはアフリカ向けの黒人奴隷狩りの船、西インド諸島より香料を積みこんでくる船でにぎわった地で、少年ジュールの夢が帆船であり、未知の国へのあこがれであり、長じてそれらが海洋小説となり、冒険小説となったことは容易に想像されうるであろう。

ナントの神学校付属から公立の中学校に学んだ彼は、はじめはごく平凡な生徒であったが、しだいに彼の性格は特徴づけられていって、発明発見に異常な好奇心を示し、ポオの小説を耽読《たんどく》したり、地理や星学にうちこんで小遣い銭で古本あさりをしたり、自分の部屋にそれらの本を積み重ねて世界地図を壁にはったり、望遠鏡を買いこんだりした。

このようにいちずに没頭する性質と、大きな空想力とが、八〇冊にも及ぶ冒険科学小説を書かせたわけだが、彼が旅行をぜんぜんしないでこれらを書いたというのは、ちといいすぎであろうと思われる。じじつ彼は、一八六九年に『海底二万里』が刊行されるまでは航海をしたことがなかったが、のちにヨットを求めて、毎年夏になると、地中海や大西洋に乗りだしたという。

父親は彼の兄が代訴人になったので、彼にもその道を進ませたいと思い、大学入学資格をとるためにパリに上京させた。翌年彼は資格試験にパスしたが、父親の期待をうらぎって法律の勉強はせずに、放浪生活を送るようになった。彼に劇作に対する熱情を燃え立たせ、のちに幅の広い読者層をもたしめるに至る契機をなしたアレクサンドル・デュマ・ペールを知ったのも、そのころである。

ナポレオン三世による一八五二年のクーデターがおこなわれたとき、彼はボンヌ＝ヌーヴェル街の屋根裏部屋にいた。そのころ彼は、〈抒情劇場〉の事務員をやっていたが、二年ほどで解雇された。またそのころ戯曲を二、三書いたが、まだ認められるには至らなかった。

すでに結婚していた彼は、なんとしても生活の資を得ねばならなかった。彼は父と和解し、その顔で株式仲買人の手代となった。しかし財界の変動などにはおよそ無関心で、彼は第二帝政治下にあって全パリの撰りぬき《エリート》を集めたといわれていたナダールのサロンに出入りしていた。ナダールはムードンで、飛行船〈巨人号〉を建造中であった。ヴェルヌはサロンの一隅でナダールの言葉を熱心にノートし、設計図を写したりした。こうしてできあがったのが、『気球の五週間』であった。彼はこの小説を二一軒も出版社に持ち歩いたが、どこでも引き受けてはくれなかった。二二軒目が、彼と同名のジュール・エッツェルであった。

エッツェルは、ロマンティズムの文学はやがて凋落《ちょうらく》するものと思い、それに代わって、読者の興味をひくものをさがし求めていた。科学冒険小説！　これこそ、彼が待っていたものだった。かくしてこの『気球の五週間』は一八六三年に刊行され、ヴェルヌはこれによって世間にひろく認められた。彼が〈ジュルナル・デバ〉紙の求めに応じて、『地球から月へ』を同紙に連載したのも、その年であった。

エッツェルとのあいだに結ばれた出版契約は、毎年ヴェルヌがこの種の地理学的な科学小説を二冊ずつ書き、一年に一万フランの報酬をもらうことであった。彼はその約束を忠実に実行した。そのような律気さは、『八十日間世界一周』の主人公フィリアス・フォッグやそのほかの小説中の人物に、よく表われている。

『地球から月へ』はその後二年して一八六五年に、刊行された。ヴェルヌのこのような科学上の知識については、理工科大学出身の祖父か大祖父に負うとの説をなす者もあるが、やはり博覧強記の彼が、フンボルトとかハーシェルの学説によったとするのが至当な見方であろう。ともあれ、この大胆奇抜な着想は成功をおさめて、ヴェルヌはこの作により科学冒険小説家としての地歩を確立したのである。しかしながらここに訳出した『月世界へ行く』の前篇である『地球から月へ』――その梗概が序章として、本書に冠されてある――は今日読むと退屈な箇所が少なからず散見され、科学冒険小説としては『月世界へ行く』に劣る。

この『月世界へ行く』は、すでに『地球から月へ』を書いたころからのヴェルヌの着想であって、『海底二万里』で大成功を得た彼は、ついに一八六九年に、この宇宙旅行を完成したのであった。そのとき彼は四十二歳の働きざかりで、翌年普仏戦争が勃発し、彼もまた従軍した。

一八七一年のパリ・コミューンでは、彼の出版元エッツェルの店が被害をこうむった。そのときヴェルヌは、『海底二万里』を出版しようといってきたアメリカの出版社のたっての願いをしりぞけて、自分の銀行預金でエッツェルの店を修理させ、そこから出版して大いに当てたという美談を残している。

「月世界旅行」と題する小説の翻訳は、松田穣氏の〈比較文学〉誌上に掲載された「日本文学とフランス文学」によれば、すでに明治十三年にあるとのことだが、遺憾ながらその内容も訳者もつまびらかになしえない。明治十一年（一八七八年）六月刊行された川島忠之助氏訳の『八十日間世界一周』は、拙訳をこころみるにあたり読んでみたが、なかなかりっぱな訳であって、余談にわたるが、この訳本が、わが国における仏文学翻訳の嚆矢《こうし》であることを、付言しておく。この訳書からはじまって二十一年までの一〇年間に、ヴェルヌの翻訳は一〇篇も刊行されていて、森田思軒訳の『十五少年』などは、大いに洛陽の紙価を高めたと聞いている。『月世界旅行』と題する明治十九年九月刊行の井上務訳述もあるが、これは『地球から月へ』の、翻訳というより翻案に近いものである。

じじつヴェルヌは一九〇五年に七七歳の高齢をもって他界するに至るまで、約四〇年間に八〇余篇の小説を書いたが、その半ば以上が発表と同時に諸外国語に翻訳されていたのであって、いかに彼が広く読まれた作家であったかがわかるであろう。これは今日においても変わらず、五、六年前のフランスの週刊紙に、同国の作家中一番多く海外に翻訳されているのはジュール・ヴェルヌであると書かれてあった。とくに彼の作品はアメリカ及びソ連において多数の読者をもっていて、この二大国が互いに科学上の発明発見を競《きそ》いあっているのを思うと、興味ぶかく感じられる。なるほど彼の科学知識の内容は、今日の科学からみればかなり幼稚な点もあるだろうが、しかし彼が科学の発展の方向を予言した功績はきわめて大きく、発明発見に幾多の示唆《しさ》を与えた点は見遁《みの》がせない。これは彼がその小説の中で描いた偉大な夢のかずかずが、例えば潜水艦とか飛行機とか、原子爆弾とかロケット砲とか、無線電信とか電送写真などが、今日多くの発明家や科学者によって実現されているのをみてもわかるだろう。今日彼の作品がなお多くの読者を得ている原因の一つは、筋の面白さや着想の奇抜さのほかに、このような偉大な夢と、それを裏づけている科学知識にあるのではなかろうかと思われる。

検　印
廃　止

訳者紹介　1909年生まれ，アテネ・フランセ卒業。訳書にポワロ&ナルスジャック「女魔術師」「ラディゲ全集」等多数。

月世界へ行く

1964年10月23日　初版
2004年 1 月23日　29版
新版　2005年 9 月16日　初版
2012年 3 月 2 日　3 版

著　者　ジュール・ヴェルヌ

訳　者　江《え》口《ぐち》　清《きよし》

発行所　（株）東京創元社
代表者　長谷川晋一

162-0814/東京都新宿区新小川町1-5
電　話　03・3268・8231-営業部
03・3268・8204-編集部
URL　http://www.tsogen.co.jp
振　替　00160—9—1565
モリモト印刷・本間製本

乱丁・落丁本は，ご面倒ですが小社までご送付ください。送料小社負担にてお取替えいたします。

ISBN4-488-60607-5　C0197